세 마리 토끼 잡는

초등 독해력

B1

초등 2-1

NE 능률

이 책을 쓴 분들_

강영주(지에밥 창작연구소 대표, 작가, 〈세 마리 토끼 잡는 독서 논술〉 대표 필자)
김경선(작가, 〈세 마리 토끼 잡는 독서 논술〉 집필)
한화주(작가, 〈세 마리 토끼 잡는 독서 논술〉 집필)
한현주(작가, 〈세 마리 토끼 잡는 독서 논술〉 집필)
이현정(작가, 〈세 마리 토끼 잡는 독서 논술〉 집필)

이 책을 만든 분들_

박지영(작가, 기획 편집자), 채현애(기획 편집자), 박정의(기획 편집자),
권정희(기획 편집자), 지은혜(기획 편집자), 강영주(작가, 기획 편집자)

세 마리 토끼 잡는 초등 독해력 B단계 1권

개정판 5쇄: 2022년 2월 25일
총괄 김진홍 | **기획 및 편집** 지에밥 창작연구소 | **연구원** 이보영, 이자원, 박수희 | **펴낸이** 주민홍 | **펴낸곳** ㈜NE능률 | **디자인** 장현순, 윤혜민 |
그림 우지현, 김잔디, 안지선, 김정진, 윤유리, 이덕진, 이창섭, 고수경, 장여회, 김규준, 김석류 | **영업** 한기영, 이경구, 박인규, 정철교, 김남준,
김남형, 이우현 | **마케팅** 박혜선, 고유진, 김여진 | **주소** 서울특별시 마포구 월드컵북로 396(상암동) 누리꿈스퀘어 비즈니스타워 10층 (우편번호
03925) | **전화** (02)2014-7114 | **팩스** (02)3142-0356 | **홈페이지** www.nebooks.co.kr | **ISBN** 979-11-253-3610-5 | 979-11-253-3615-0 (set)

제조년월 2022년 2월 제조사명 ㈜NE능률 제조국 대한민국 사용연령 9~10세(초등 2학년 수준)

독해 실력을 키워서 공부 능력자가 되어 보세요!

요즘 우리 아이들, 공부할 것이 참 많습니다. 국어, 영어, 수학, 과학, 사회, 예체능 어느 것 하나 소홀히 할 수 없지요. 그런데 이런 교과 공부를 할 때 가장 기본이 되는 것은 설명하는 내용이 무엇인지 아는 것입니다.

특히 학교 공부를 처음 시작하는 초등학생에게 글을 읽고 이해하는 일은 무엇보다 중요합니다. 즉, 독해는 도구 과목인 국어를 포함한 모든 과목에서 공부의 시작이자 끝이라고 할 수 있지요. 초등학교 때 독해를 소홀히 하다 보면 중·고등학교에 가서 교과서를 읽으면서도 그 내용을 이해하지 못하는 일이 생기기도 합니다.

그런데 독해력은 열심히 책만 읽는다고 해서 단기간에 키워지는 것이 아닙니다. 꾸준히 글을 읽고 이해하는 연습을 지속적으로 해야 비로소 실력이 생겨나는 것이지요. 그러므로 독해 연습은 단계적이고 체계적으로 하는 것이 중요합니다.

〈세 마리 토끼 잡는 초등 독해력〉은 이 중요한 독해의 방법을 제시하기 위해 기획된 시리즈입니다. 이 시리즈의 구성 원리는 다음과 같습니다.

1. 초등학생이 교과를 이해하는 데 필요한 독해의 전 과정을 담는다

교과의 기본이 되는 글의 내용을 쉽게 이해하는 사실 독해로 시작하여 글 속에 숨은 뜻을 짐작하고 비판하는 추론 독해, 읽은 것을 발전시켜서 창의적으로 문제를 해결하는 문제해결 독해로 이어지는 독해의 전 과정을 체계적으로 담았습니다.

2. 다양한 독해 활동을 통해 독해를 쉽고 재미있게 학습하도록 구성한다

독해의 원리에 흥미롭게 다가갈 수 있도록 주제 활동, 유형 연습, 실전 학습 등을 다양하게 단계적으로 구성하였습니다. 이때 글과 쉽게 친해질 수 있도록 동화, 역사, 사회, 과학, 예술 분야의 전문 필진과 초등 교육 과정 전문 선생님들이 함께 노력을 기울였습니다. 이 밖에도 독해의 배경지식이 되는 어휘, 속담, 문법, 독서 방법 등의 읽을거리를 충분히 실었습니다.

〈세 마리 토끼 잡는 초등 독해력〉을 통해 토끼처럼 귀여운 우리 아이들이 독해 자신감, 공부 자신감을 얻어서 최고의 독해 능력자가 되기를 기대하며 응원하겠습니다.

세 마리 토끼 잡는 초등 독해력은 어떤 책인가요?

1 독해의 세 가지 원리를 한번에 잡는 책

독해는 글을 읽고 뜻을 이해하는 것입니다. 이때 뜻을 이해한다는 것은 글에 드러난 정보나 주제뿐 아니라 숨어 있는 글쓴이의 의도나 생략된 내용을 짐작하고 읽는 사람의 생각과 느낌을 고려한 표현까지 이해하는 것입니다. 〈세 마리 토끼 잡는 초등 독해력〉은 사실 독해, 추론 독해, 문제해결 독해로 이어지는 독해의 원리를 단계적으로 키워서 독해 능력을 한번에 완성하도록 도와줍니다.

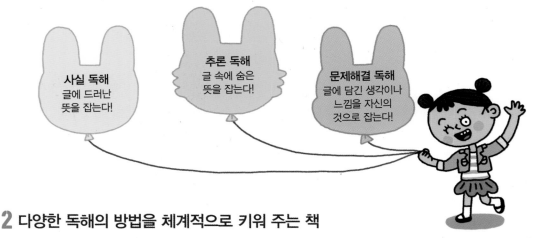

사실 독해
글에 드러난 뜻을 잡는다!

추론 독해
글 속에 숨은 뜻을 잡는다!

문제해결 독해
글에 담긴 생각이나 느낌을 자신의 것으로 잡는다!

2 다양한 독해의 방법을 체계적으로 키워 주는 책

설명문, 논설문과 같은 글을 읽을 때와 시, 소설을 읽을 때는 글의 내용을 이해하는 방법이 조금 다릅니다. 비문학적인 글을 읽을 때에는 글에 나타난 정보나 사실을 이해하여 주제나 중심 생각을 파악해야 합니다. 그리고 문학적인 글을 읽을 때에는 주제뿐 아니라 글 속에 숨은 의미와 분위기, 표현 방법을 살펴서 글쓴이의 의도를 미루어 짐작하고 그에 대한 나의 생각이나 느낌도 표현할 수 있어야 합니다. 〈세 마리 토끼 잡는 초등 독해력〉은 독해 개념부터 유형 연습, 실전 문제에 이르기까지 독해의 다양한 방법을 체계적으로 키워 줍니다.

〈세토 독해력〉으로 설명하는 글에 나타난 정보를 쉽게 이해했어!

편지

논설문

설명문

〈세토 독해력〉으로 시에 나타난 글쓴이의 마음을 느끼며 읽었어!

전기문

시

극본

이야기

나도 〈세토 독해력〉으로 다양한 독해의 방법을 알고 싶다.

3 다양한 교과 관련 배경지식을 키워 주는 책

　글을 읽을 때는 낱말이나 문장을 과목에 따라 다르게 해석해야 하는 경우가 있습니다. 국어 과목에서는 동요의 노랫말처럼 '달'을 보고 '토끼가 떡방아를 찧는 것 같다'고 표현하는가 하면 과학 과목에서는 '아무도 살지 않는 지구 주위를 돌고 있는 위성' 혹은 '지구와 가장 가까운 천체'로 보기도 합니다. 〈세 마리 토끼 잡는 초등 독해력〉은 과목에 따라 다른 의미로 해석되는 다양한 영역의 글을 수록하여 도구 과목인 국어 과목뿐 아니라 사회, 과학, 예체능 등 다양한 교과 공부에 도움을 주는 배경지식을 키울 수 있습니다.

4 다원적 사고 능력을 열어 주는 책

　독해력은 글의 내용을 이해·감상하고 자신의 관점으로 비판하며 창의적으로 표현하는 능력을 갖추는 고차원의 사고 능력입니다. 특히 서술형과 같은 문제 유형으로 자신의 생각을 창의적으로 표현해야 하는 경우에는 이와 같은 능력이 더욱 요구됩니다. 〈세 마리 토끼 잡는 초등 독해력〉은 독해력을 구성하는 이해력, 구조 파악 능력, 어휘력, 추리·상상적 사고 능력, 비판적 사고 능력, 문제 해결 능력 등 다원적 사고 능력을 골고루 계발하여 어떠한 문제 상황도 너끈히 해결할 수 있도록 도와줍니다.

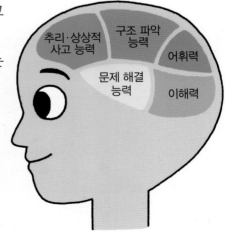

세 마리 토끼 잡는 초등 독해력 은 어떻게 이루어져 있나요?

1 전체 구성

〈세 마리 토끼 잡는 초등 독해력〉은 학년과 학기의 난이도에 따라 6단계 12권으로 이루어져 있습니다. 이 책은 각 학년과 학기의 학습 목표에 맞는 독해 주제를 단계적으로 구성하였으므로, 그에 맞게 선택해서 공부할 수 있습니다. 하지만 학습자의 독해 능력에 맞게 단계를 조정하여 선택하면 더욱 효과적입니다.

단계	A단계		B단계		C단계		D단계		E단계		F단계	
권 수	2권		2권		2권		2권		2권		2권	
단계 이름	A1	A2	B1	B2	C1	C2	D1	D2	E1	E2	F1	F2
학년-학기	1-1	1-2	2-1	2-2	3-1	3-2	4-1	4-2	5-1	5-2	6-1	6-2
학습일	각 권 20일											
1일 분량	매일 6쪽											

2 권 구성

〈세 마리 토끼 잡는 초등 독해력〉한 권은 학습 내용에 따라 PART1, PART2, PART3으로 나누어져 있습니다. 학년별 난이도에 따라 각 PART의 분량이 다릅니다.

PART1 **사실 독해** (1〜2주 분량)

독해에서 가장 기본이 되는 부분으로, 글에 나타난 정보나 사실을 확인하는 내용을 주로 담고 있습니다. 이 부분에서는 글에서 정보를 찾아보고, 이를 바탕으로 중심 내용과 주제, 글의 구조와 전개 방식을 파악하며 읽는 방법을 배웁니다. 이 부분은 독해를 처음 접하는 저학년일수록 분량이 많고, 고학년으로 갈수록 분량이 줄어듭니다.

단계별 구성(저학년은 분량이 많고, 고학년은 분량이 적습니다. A〜C단계: 2주분 / D〜F단계: 1주분)

A단계	B단계	C단계	D단계	E단계	F단계
글자, 낱말, 문장 알기	마음을 나타내는 말 알기	설명하는 글을 읽은 경험 찾기	생각이나 느낌이 다른 까닭 알기	기행문의 특성 알기	인물, 사건, 배경의 관계 알기

PART 2 추론 독해 (1~2주 분량)

독해 능력이 발전하는 부분으로, 글에 드러난 것을 파악하는 것을 뛰어넘어 글에 숨겨진 뜻을 짐작하고 비판하는 내용을 담았습니다. 이 부분에서는 글에 나타난 정보를 짐작해 보고 생략된 내용이나 숨겨진 주제, 글을 쓴 목적을 찾아보며 글을 읽는 방법을 익힙니다. 그리고 글에 드러난 관점이나 글쓴이의 주장과 근거, 표현 방법 등을 비판하며 읽는 방법도 배웁니다. 이 부분은 저학년일수록 분량이 적고, 고학년으로 갈수록 분량이 늘어납니다.

단계별 구성(저학년은 분량이 적고 고학년은 분량이 많습니다. A~C단계: 1주분/ D~F단계: 2주분)

A단계	B단계	C단계	D단계	E단계	F단계
그림을 보고 내용 짐작하기	이야기에서 인물의 모습 떠올리기	시에 나타난 감각적 표현 파악하기	이야기의 흐름에 따라 내용 간추리기	글의 구조를 생각하며 요약하기	이야기의 구조 이해하기

PART 3 문제해결 독해 (1주 분량)

글의 내용을 자신의 상황에 창의적으로 적용하는 고차원적 독해 능력을 키우는 부분입니다. 이 부분에서는 글에서 감동적인 부분을 찾아 글쓴이의 마음에 공감하고, 글을 읽고 난 감동을 표현하며 읽습니다. 글에 나타난 다양한 문제 상황과 해결 방법을 나의 생활에 적용하며 창의적으로 읽는 방법을 배웁니다.

단계별 구성(저학년과 고학년 같은 분량입니다. A~F단계: 1주분)

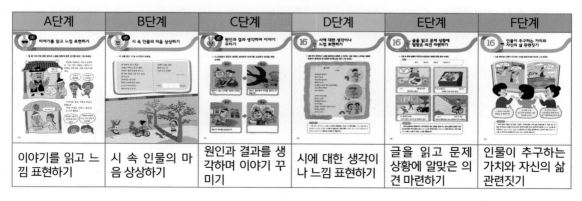

A단계	B단계	C단계	D단계	E단계	F단계
이야기를 읽고 느낌 표현하기	시 속 인물의 마음 상상하기	원인과 결과를 생각하며 이야기 꾸미기	시에 대한 생각이나 느낌 표현하기	글을 읽고 문제 상황에 알맞은 의견 마련하기	인물이 추구하는 가치와 자신의 삶 관련짓기

세 마리 토끼 잡는 초등 독해력 1일 학습은 **어떻게** 짜여 있나요?

개념 활동 재미있게 활동하며 독해의 원리를 익힙니다 (2쪽)

개념 활동

매일 익힐 독해의 개념을 재미있는 활동과 간단한 문제로 알아볼 수 있습니다. 퀴즈, 미로 찾기, 색칠하기, 사다리 타기, 만들기 등 다양하고 재미있는 활동을 통해 독해의 원리를 입체적으로 배울 수 있습니다.

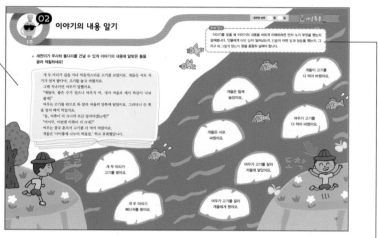

주제 탐구

개념 활동을 하며 살펴본 독해의 원리로 학습 주제를 살펴볼 수 있습니다. 이곳에서 앞으로 공부할 주제를 한눈에 확인할 수 있습니다.

독해력 활짝 짧은 글로 유형을 연습하며 독해력을 넓힙니다 (2쪽)

유형 설명

주제와 관련된 여러 유형을 나누어 핵심 평가 요소를 확인합니다.

유형 문제 연습

다양한 유형을 익힐 수 있는 독해 문제가 제시되어 있습니다.

관련 교과명

지문과 관련된 교과명이 표시되어 있습니다.

짧은 글 독해

유형과 관련 있는 짧은 글을 읽으며 문제의 출제 의도를 파악합니다.

독해력 쑥쑥 긴 글로 실전 문제를 풀며 독해력을 키웁니다 (2쪽)

글의 개관
글의 종류, 특징, 중심 내용, 낱말 풀이 등으로 글에 대한 이해를 돕습니다.

긴 글 독해
시, 동화, 소설, 편지, 일기, 설명문, 논설문 등 다양한 갈래의 글이 수록되어 있습니다.

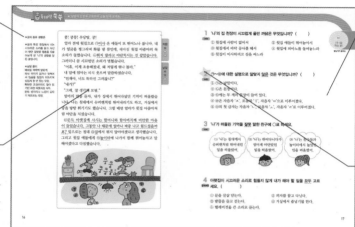

실전 문제
이해, 구조, 어휘, 추론, 비판, 문제해결 등과 관련된 다양한 실전 문제가 수록되어 있습니다.

핵심 문제
해당 주제의 핵심 문제는 노란색 별로 표시되어 있습니다.

독해 플러스 독해력을 돕는 배경지식을 알아봅니다

한 주 동안의 학습을 마무리하면서 독해와 관련된 배경지식을 살펴봅니다. 어휘, 속담, 고사성어, 문법, 독서의 방법 등 독해에 꼭 필요한 내용을 재미있는 만화를 통해 익히고, 간단한 문제로 확인해 봅니다.

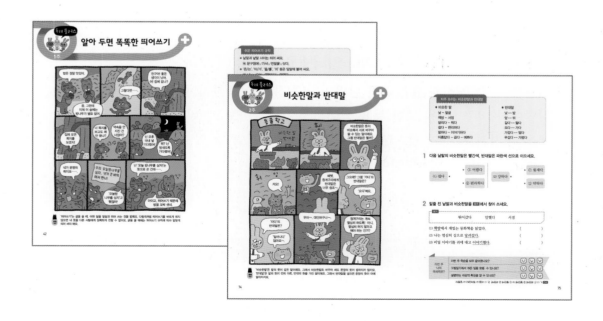

세 마리 토끼 잡는 초등 독해력 이렇게 공부해요

1 매일매일 꾸준히 공부해요

〈세 마리 토끼 잡는 초등 독해력〉은 매일 6쪽씩 꾸준히 공부하는 책이에요. 재미있는 개념 활동으로 시작해서 학교 시험에 도움되는 실전 문제에 이르기까지 지루하지 않게 공부할 수 있지요. 공부가 끝나면 '○주 ○일 학습 끝!' 붙임 딱지를 붙여 보세요.

2 지문에 실린 책이나 교과서를 찾아 읽어 보아요

하루 공부를 마치고 나면, 본문 지문에 나온 책이나 교과서를 찾아 읽어 보세요. 본문에는 책의 전권을 싣기 힘들기 때문에 가장 대표적인 부분을 발췌했기 때문이지요. 본문을 읽다 보면 뒷이야기가 궁금해지거나 교과 내용이 궁금해져서 자연스럽게 찾아 읽게 될 거예요. 이 과정을 거듭하다 보면 독해 능력자가 될 수 있답니다.

3 지문에 실린 모르는 내용을 사전이나 인터넷을 찾아 읽어 보아요

독해 지문이 술술 읽히지 않는다면 낱말이나 문장을 이해하지 못하는 것입니다. 모르는 낱말이나 어구, 관용 표현 등을 국어사전으로 찾아보고, 비슷한말로 바꾸어 보며 내용을 온전히 자신의 것으로 만들어 보세요. 그리고 더 알고 싶은 것은 책이나 인터넷 백과사전을 검색하며 깊이 있게 공부해 보세요.

한 주 학습표	월	화	수	목	금	토
	매일 6쪽씩 학습하고, '○주 ○일 학습 끝!' 붙임 딱지 붙이기					주요 내용 복습하기

세 마리 🐰토끼 잡는
초등 독해력 B1 초등 2-1

PART 1

사실 독해

글에 드러난 정보를 찾아보고 이를 바탕으로 중심 내용과 주제,
글의 구조와 전개 방식 등을 파악하며 읽는 방법을 배워요.

contents

마음을 나타내는 말 알기

★ 다음 다트판에서 그림 속 세 친구의 마음을 나타내는 말을 <u>모두</u> 찾아
쓰고, 마음을 나타내는 말의 점수도 계산해서 쓰세요.

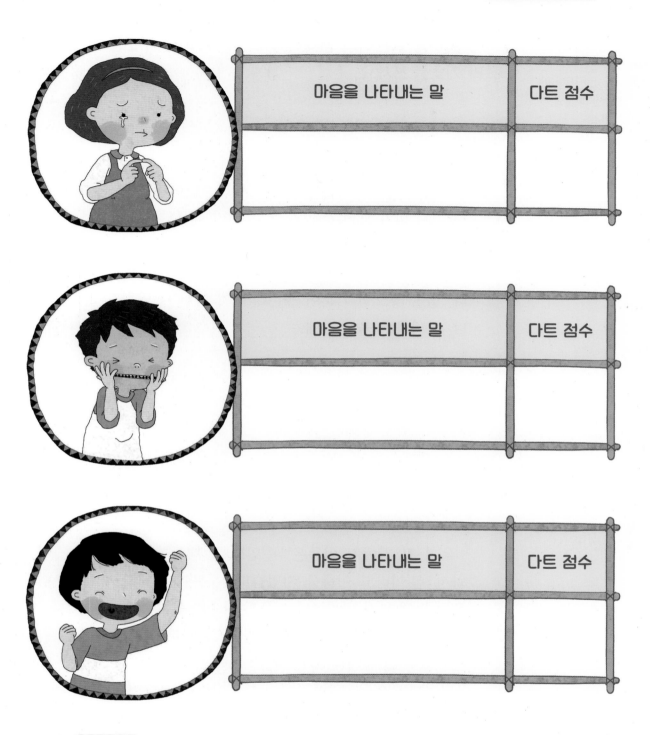

마음을 나타내는 말	다트 점수

마음을 나타내는 말	다트 점수

마음을 나타내는 말	다트 점수

주제 탐구

　우리말에는 마음을 나타내는 말이 있습니다. 마음을 나타내는 말에서 글쓴이나 인물의 마음을 짐작할 수 있습니다. 마음을 나타내는 말을 살펴보고 언제 그런 마음이 드는지, 그런 마음이 든 까닭은 무엇인지 생각하면서 읽습니다.

1

🔵국어

㉠~㉣ 중 글쓴이의 생각이나 느낌이 드러난 부분을 두 군데 골라 기호를 쓰세요. (   )

2000년 3월 26일 수요일	날씨: 비가 주룩주룩

　　㉠오늘은 아침부터 비가 내렸습니다. ㉡그래서 기분이 별로 좋지 않았습니다. 선생님께서 체육 시간에 축구를 한다고 하셨는데, 비가 오면 축구를 할 수 없기 때문입니다.

　　㉢축구는 내가 자주 하는 운동입니다. 나는 달리기도 빠르고 공을 잘 찹니다. 축구 경기가 열리는 날이면 매번 골을 넣습니다. 골을 넣으면 기분이 좋은데 비가 와서 다 망치고 말았습니다. ㉣다음 체육 시간에는 축구를 할 수 있었으면 좋겠습니다.

2

🔵바슬즐

㉠에서 알 수 있는 '나'의 마음으로 알맞은 것은 무엇입니까?

(   )

　　우리 집 강아지 이름은 '봄'입니다. 따뜻한 봄날 우리 집에 와서 '봄'이라고 이름을 지었습니다. 봄이는 내가 다섯 살 때 우리 집에 와서 벌써 4년째 우리 가족과 함께 살고 있습니다.

　　재롱을 잘 부리는 봄이는 나를 볼 때마다 꼬리를 흔듭니다. ㉠나도 그런 봄이를 보면 저절로 웃음이 나옵니다.

　　그런데 얼마 전 강아지에게 화풀이하는 사람이 많다는 뉴스를 보았습니다. 뉴스를 보면서 봄이가 떠올라 마음이 아팠습니다. 사람들이 동물을 소중하게 생각했으면 좋겠습니다.

① 슬픈 마음　　　　　　　② 속상한 마음
③ 행복한 마음　　　　　　④ 부끄러운 마음
⑤ 안타까운 마음

3 넷째의 마음과 그 마음이 든 까닭을 알맞게 말한 친구에 ○표 하
국어 세요.

유형 3 인물의 마음이 든 상황
이나 까닭 찾기

이야기에서 마음을 나타내는 말을 찾아 인물의 마음을 짐작하고, 그런 마음이 든 상황이나 까닭을 파악합니다.

시무룩하게 마음에 못마땅하여 말이 없고 얼굴에 언짢은 마음이 드러나게.

낚시를 마친 네 형제가 오두막집에 돌아왔습니다. 첫째가 낚시 도구를 정리하며 말했습니다.

"낚시를 하기에는 아직 이른 것 같아."

"형 말이 맞아요. 아직 겨울잠에서 깨어나지 않은 물고기들이 많아요."

첫째의 말에 둘째가 맞장구를 치며 말했습니다. 그러자 셋째가 말했습니다.

"그래도 이번 낚시는 대성공이에요."

첫째와 둘째, 셋째 앞에는 방금 낚시로 잡은 물고기가 여러 마리 놓여 있었습니다.

"모두 형들이 잘해서 그렇지요, 뭐. 전 한 마리도 잡지 못해 속상하기만 한걸요."

넷째가 형들과 달리 시무룩하게 말했습니다.

(1) 낚시 도구를
빨리 정리하지
못해서 속상했어.

(2) 물고기를
한 마리도 잡지
못해서 속상했어.

(3) 세 형들이
넷째에게 물고기를
나누어 주어서
행복했어.

●글의 종류 일기

●글의 특징 이 글은 '내'가 야구장에 가서 아빠와 캐치볼을 하고 야구 경기를 본 일을 실감나게 쓴 일기입니다.

●낱말 풀이
캐치볼 야구에서 공을 던지고 받는 연습.
공터 비어 있는 땅.
구령 여러 사람이 일정한 동작을 하게 하려고 말로 내리는 간단한 명령.
환호성 기뻐서 크게 부르짖는 소리.

20○○년 5월 25일 토요일	날씨: 햇빛이 쨍쨍

지문 ★ ☆ ☆

낱말 ★ ★ ☆

　우리 가족은 점심때쯤 야구장에 갔습니다. 야구가 시작하는 시간까지 캐치볼을 하기 위해서입니다. 야구장 앞에는 넓은 공터가 있습니다. 그곳에서 아빠와 나는 야구 장갑을 한쪽 손에 끼고 캐치볼을 했습니다. 아빠는 하늘 높이 공을 던져 주기도 하시고, 잔디밭으로 공을 튕겨 주기도 하셨습니다. 그때마다 나는 야구 선수가 된 것처럼 빠르게 달려가 공을 잡았습니다. 공을 잡을 때마다 아빠가 나를 향해 엄지손가락을 세워 보이셨습니다. ㉠나는 어깨가 으쓱해졌습니다.

　다섯 시가 지나서 우리는 드디어 야구장 안으로 들어갈 수 있었습니다. 들어가자마자 초록색 잔디가 한눈에 들어왔습니다. 선수들은 잔디밭을 뛰어다니며 연습 운동을 했습니다. 좋아하는 선수들을 가까이에서 볼 수 있다니 정말 신기했습니다.

　잠시 후 경기가 시작되었습니다. 나는 응원단장의 구령에 맞추어 열심히 응원을 했습니다. 그때였습니다. 커다란 공이 내가 있는 곳으로 날아왔습니다. ㉡나는 공에 맞을까 봐 두려워 눈을 질끈 감았습니다. 그 순간 커다란 환호성이 들렸습니다. 우리 팀이 홈런을 친 것입니다. 공은 나를 훌쩍 넘어 야구장 밖으로 날아갔습니다. 나는 두려웠던 마음도 잊고 ㉢신이 나서 펄쩍 펄쩍 뛰었습니다. 시원한 홈런 덕분에 우리 팀이 경기에서 이겼습니다. ㉣정말 신나는 하루였습니다.

1 이 글은 어디에서 있었던 일을 쓴 글입니까? (   )

이해

① 집   ② 놀이터   ③ 야구장
④ 외갓집   ⑤ 아빠 회사

1주 1일
학습 끝!

붙임 딱지 붙여요.

2 일이 일어난 차례에 맞게 ㉮~㉺의 기호를 쓰세요.

구조

> ㉮ 우리 팀이 홈런을 쳤다.
> ㉯ 우리 팀이 경기에서 이겼다.
> ㉰ 연습 운동을 하는 선수들을 보았다.
> ㉱ 야구장 앞에 있는 공터에서 캐치볼을 했다.

(   ) ➡ (   ) ➡ (   ) ➡ (   )

3 ㉠~㉢에서 알 수 있는 글쓴이의 마음을 선으로 이으세요.

추론

(1) ㉠ •   • ① 기쁜 마음

(2) ㉡ •   • ② 두려운 마음

(3) ㉢ •   • ③ 자랑스러운 마음

4 ㉱과 같은 마음이 든 까닭으로 알맞지 않은 것에 ○표 하세요.

추론

(1) 우리 팀이 경기에서 이겨서   (   )
(2) 내가 있는 곳으로 공이 날아와서   (   )
(3) 내가 공을 잡을 때 아빠가 칭찬해 주셔서   (   )

02 인물의 마음이 나타난 부분 찾기

★ 다음 인물의 말과 인물이 처한 상황을 살펴보고
알맞은 마음을 골라 ○표 하세요.

먹을 것을 구하지 못해서 어쩌나. 집에서 아내와 아이들이 굶주리고 있을 텐데…….

행복한 마음 / 걱정하는 마음 / 고마운 마음

주제 탐구

이야기에서 인물의 마음을 알면 이야기의 내용을 쉽게 이해할 수 있습니다. 인물의 마음을 직접 나타내는 말을 찾거나 그런 마음이 든 상황이나 까닭이 나타난 부분을 살펴봅니다. 또 인물의 표정이나 행동을 표현한 부분도 살펴봅니다.

😊 독해력 활짝

유형 1 인물의 마음을 직접 나타내는 말 찾기

글에서 '나'의 마음을 직접 표현한 낱말이 있는 부분을 찾습니다.

1 ㉠~㉤ 중 글쓴이의 마음이 나타난 부분의 기호를 쓰세요.

국어

> 1교시는 체육 시간이었습니다. ㉠우리 반 아이들은 모두 운동장으로 뛰어나갔습니다. ㉡나도 짝꿍 은지와 함께 교실을 나섰습니다. 그때 영은이가 달려와 은지의 팔짱을 꼈습니다.
> "은지야, 학교 끝나고 우리 집에 가서 놀래?"
> ㉢영은이의 말에 은지가 좋다고 대답했습니다.
> "세희야, 너도 같이 놀 수 있어?"
> 영은이가 나에게도 물었습니다.
> "나도? 좋아!"
> ㉣나는 고개를 끄덕이며 말했습니다. ㉤친구들과 놀 생각을 하니 기분이 좋았습니다.

(   )

유형 2 인물이 처한 상황이나 까닭에서 마음 짐작하기

인물이 처한 상황이나 까닭을 살펴보고 그런 상황에서 든 인물의 마음을 짐작하는 문제입니다.

그토록 그러한 정도로까지. 또는 그렇게까지.

2 ㉠, ㉡에서 알 수 있는 '나'의 마음은 무엇입니까? (   )

국어

> 오늘 저녁은 특별합니다. 누구에게나 생일은 특별하지만 나는 이번 생일이 더 특별하게 느껴집니다. ㉠그토록 갖고 싶었던 게임기를 선물받는 날이기 때문입니다.
> 한 달 전부터 아빠께 게임기를 갖고 싶다고 계속 졸랐습니다. 그러자 아빠께서는 생일 선물로 사 주겠다고 하셨습니다. 나는 하루 종일 아빠를 기다렸습니다. ㉡아빠께서 돌아오실 시간이 되었는지 몇 번씩 밖을 내다봤습니다.

① 아빠께 화난 마음   ② 아빠께 미안한 마음
③ 아빠를 기다리는 마음   ④ 아빠를 걱정하는 마음
⑤ 아빠가 안 계셔서 슬픈 마음

3 ㉠, ㉡에 나타난 윤희의 마음을 알맞게 선으로 이으세요.

국어

유형 3 인물의 행동에 드러난 마음 짐작하기

인물의 표정이나 행동을 설명한 부분과 그림에서 짐작할 수 있는 인물의 마음을 찾습니다.

연휴 휴일이 이틀 이상 계속되는 일. 또는 그 휴일.

명절 연휴가 끝날 즈음 엄마는 떠날 준비를 하셨습니다.

윤희를 할머니께 맡긴 엄마는 도시에 있는 회사에서 일하고 계십니다.

"윤희야, 할머니 말씀 잘 듣고 있어야 해."

엄마는 윤희를 따뜻하게 안아 주셨습니다. ㉠하지만 윤희는 아무 대답도 하지 않았습니다. 윤희는 엄마와 헤어지는 것이 싫었습니다. 윤희는 엄마의 뒷모습을 한참 동안 바라보고 서 있었습니다. 할머니는 그런 윤희의 마음을 아시고 손을 꼬옥 잡아 주셨습니다.

"윤희야, 너무 속상해하지 마."

그런데 참 이상하지요. 할머니의 말씀을 듣고 난 윤희의 눈에서 눈물이 또르르 흘렀습니다. 할머니는 말없이 따뜻한 손으로 윤희의 눈물을 닦아 주셨습니다. ㉡하지만 한번 터진 눈물은 쉽게 그치지 않았습니다. 다음 명절까지 엄마를 못 본다고 생각하니 슬픈 마음이 자꾸만 커졌기 때문입니다.

(1) ㉠ •		• ① 엄마를 볼 수 없어 슬픈 마음
(2) ㉡ •		• ② 엄마와 헤어지기 싫은 마음

●글의 종류 생활문

●글의 특징 이 글은 진우와 동우가 배드민턴을 치다가 진우가 친 배드민턴공이 나뭇가지에 걸린 일을 담은 생활문입니다. 동우는 괜찮다고 말했지만 진우는 동우에게 더 미안한 마음이 들었습니다.

●낱말 풀이
배드민턴 그물망을 사이에 두고 라켓으로 셔틀콕이라고 불리는 공을 치고받는 경기.
꿈쩍 몸을 둔하고 느리게 움직이는 모양.

지문 ★ ☆ ☆

낱말 ★ ☆ ☆

"엄마, 친구들이랑 놀이터에서 놀다 올게요."

진우는 안방에 계신 엄마께 들리도록 큰 소리로 말하고 밖으로 나갔습니다. 놀이터에는 현수, 민혁이, 동우가 벌써 나와 있었습니다. 그리고 동우 손에는 배드민턴 채와 배드민턴공 여러 개가 들려 있었습니다.

"우리 배드민턴 치고 놀자."

"좋아!"

배드민턴 채가 한 쌍뿐이어서 먼저 진우와 동우가 함께 치기로 했습니다. 동우가 공을 높이 쳐서 올리자 진우가 달려가 공을 받아 냈습니다. 배드민턴공은 몇 번이나 동우와 진우 사이를 오갔습니다. 경기가 달아오르면서 신이 난 진우는 한껏 힘을 줘서 공을 쳤습니다. 그러자 배드민턴공이 쑤욱 날아오르더니 그만 나뭇가지에 걸리고 말았습니다.

"아이고, 이를 어쩌지?"

"진우가 친 배드민턴공이 나뭇가지에 걸렸네."

보고 있던 민혁이와 현수가 말했습니다.

진우는 배드민턴공을 찾기 위해 나무를 흔들어 보았습니다. 하지만 나무는 꿈쩍도 하지 않았습니다. 이번에는 나뭇가지를 향해 배드민턴 채를 던져 보았습니다. 하지만 공이 걸린 가지에는 닿지 않았습니다. 진우는 공을 되찾기 위해 계속해서 배드민턴 채를 던져 올렸습니다. 그러다 보니 어느새 이마에 땀이 송글송글 맺혔습니다. 그런 진우에게 동우가 말했습니다.

㉠"진우야, 잃어버릴 수도 있지. 나는 괜찮아."

진우는 동우가 괜찮다고 하니 더 미안한 마음이 들었습니다.

1 이 글에서 일어난 일은 무엇입니까? (   )

이해

① 진우와 동우가 배드민턴을 배웠다.
② 진우가 배드민턴 채를 잃어버렸다.
③ 진우가 친 배드민턴공이 나뭇가지에 걸렸다.
④ 진우가 친구들과 놀이터에서 술래잡기를 했다.
⑤ 놀이터에서 배드민턴을 치던 네 친구가 싸웠다.

2 ㉠에 나타난 동우의 마음으로 알맞는 것은 무엇입니까? (   )

추론

① 기쁜 마음   ② 미안한 마음
③ 고마운 마음   ④ 위로하는 마음
⑤ 사과하는 마음

3 이 글에서 진우의 마음이 어떻게 바뀌었는지 보기 에서 찾아 쓰세요.

추론

보기

| 슬픈 마음 | 미안한 마음 | 부끄러운 마음 | 신나는 마음 |

• 처음에는 (1) (   )이었다가 나중에는 (2) (   )
으로 바뀌었습니다.

4 진우와 비슷한 마음이 들었던 경험을 말한 친구를 골라 ○표 하세요.

문제해결

(1) 친구가 내가 준 선물을 마음에 안 들어 해서 서운했어.

(2) 친구의 우산을 망가뜨려서 너무 미안했어.

(3) 떨어뜨린 지갑을 주워 드려서 칭찬받았을 때 뿌듯했어.

시 속 인물의 마음 찾기

★ 다음 시 속 인물의 마음에 어울리는 표정을 골라 ○표 하세요. 그리고 빈칸에 알맞은 마음을 나타내는 말을 쓰세요.

받아쓰기

나는 한 번에 줄넘기 백 번을 해요.
커다란 아빠 숟가락으로 밥도 먹어요.
매운 김치도 한 번에 꿀꺽!

그런데 잘 안되는 게
딱 하나 있어요.
영미도 100점,
대현이도 100점이라는데
애걔, 60점이 뭐예요.

나는 받아쓰기가 세상에서 제일 싫어요.

• 시 속 인물의 마음: ⬜ 마음

썰매

이원수

연못에 꽁꽁, 얼음 얼어서
썰매 타기 좋구나, 재미있구나.

바람 속을 달려가면 씽 씽 씽
얼음이면 어디라도 씽 씽 씽

연못의 고기들아 얼음장 밑에
추워서 웅크리고 잠이 들었나.

우리는 썰매 탄다 씽 씽 씽
우리는 재미난다 씽 씽 씽

• 시 속 인물의 마음: [　　　　　　　　　] 마음

주제 탐구

　시 속에는 시에서 말하는 시 속 인물의 마음이 들어 있습니다. 시의 장면을 떠올리거나 시의 표현을 살펴보면 시 속 인물의 마음을 짐작할 수 있습니다. 또, 시의 내용과 비슷한 경험을 떠올리는 일도 시 속 인물의 마음을 짐작하는 방법입니다.

유형
1 시의 내용 파악하기
시를 읽고 시에서 인물이 하고 있는 일을 파악하는 문제입니다.

1 이 시에서 '나'는 무엇을 하고 있는지 빈칸에 알맞은 낱말을 쓰세요.

국어

> ### 팽이
>
> | | |
> |---|---|
> | 빙글빙글 빙글빙글
어지러울까?

씽씽 씽씽
신나게 도는구나! | 쌔앵 쌔앵
힘을 내 보자. |

• 이 시에서 '나'는 [   ]을/를 치고 있다.

유형
2 시 속 인물의 마음 파악하기
시의 표현에 나타난 시 속 인물의 마음을 짐작하여 찾습니다.

2 ㉠에서 짐작할 수 있는 인물의 마음은 무엇입니까? (   )

국어

> ### 이사
>
> | | |
> |---|---|
> | 장난감 챙기고
책도 챙겨서
이사를 간다.

영호네 집은 저기 있고
민수네 집도 여기 있는데
이사를 간다. | 세 걸음 걷고
뒤돌아본다.
㉠<u>자꾸만 자꾸만
뒤돌아본다.</u> |

① 기쁜 마음   ② 신나는 마음
③ 설레는 마음   ④ 섭섭한 마음
⑤ 두려운 마음

3 시 속 인물과 비슷한 경험을 말한 친구에 ○표 하세요.

유형 **3** 시의 내용과 비슷한 경험 떠올리기
시 속 인물이 겪은 일을 파악하여 비슷한 경험을 찾습니다.

국어

가족 소풍

네 식구 줄줄이 소풍을 간다.

맨 앞에 동생이
쪼르르 달려 나간다.

동생 뒤를
조마조마 엄마가 쫓는다.

엄마와 멀어질까
허둥지둥 내가 뛰면

도시락 가방 멘 아빠가
고래고래 소리친다.
"소풍 가기도 전에 지친다."

웃음 가득 가족 소풍날.

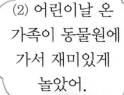

(1) 복도에서 뛰다가
선생님께 꾸중을
들어서 속상했어.

(2) 어린이날 온
가족이 동물원에
가서 재미있게
놀았어.

(3) 독감 예방
주사를 맞으러 가서
울음을 터뜨렸어.

27

●글의 종류 동시

●글의 특징 (가)는 해가 쨍쨍
한 오후 혼자 떡볶이를 먹는
즐거움을 쓴 동시입니다. (나)
는 소풍 가기 전날 설레는 마
음을 시계가 말을 걸어서 잠
을 잘 수 없다고 표현한 동시
입니다.

●중심 내용
(가) 1~3연 떡볶이를 먹으면
맛있어서 입도 웃고 눈도 웃
게 됨.
4연 떡볶이 집에 햇살이 비
추었다 사라졌다 함.
5연 '나'는 해를 친구 삼아 함
께 떡볶이를 먹음.
(나) 1연 소풍 가기 전날 밤 머
릿속에서 목소리가 들림.
2연 머릿속에서 목소리가 들
려서 잠을 잘 수 없음.

지문 ★ ☆ ☆

낱말 ★ ★ ★

(가) # 떡볶이를 먹으며

이준관

떡볶이를 먹으면
호 호 호

내 입이 호 호 호

내 눈도 호 호 호

떡볶이 집을 기웃거리는
해야,
너도 같이 먹자.

떡볶이를 먹으며
해도
호 호 호

(나) # 소풍 가기 전날 밤

박수희

무슨 옷을 입고 갈까?
몇 시에 출발해야 할까?
친구들이랑 뭐 하고 놀까?

잠을 자려고 누우면
머릿속에서 목소리가 들려서
눈이 말똥말똥해진다.

어디로 소풍 가니?

내가 깨워 줄까?

1 ㈎에서 '내'가 하고 있는 일은 무엇입니까? (   )

이해

① 혼자 떡볶이를 먹고 있다.
② 마당에서 햇빛을 쬐고 있다.
③ 친구와 숨바꼭질을 하고 있다.
④ 친구와 떡볶이를 만들고 있다.
⑤ 어머니와 시장에서 물건을 사고 있다.

2 ㈎에 나타난 시 속 인물의 마음을 보기 에서 골라 쓰세요.

추론

> 보기
>
> 고마운 마음   미안한 마음   행복한 마음

(   )

3 ㈏에서 알 수 있는 시 속 인물의 마음은 무엇입니까? (   )

추론

① 슬픈 마음   ② 설레는 마음
③ 두려운 마음   ④ 부끄러운 마음
⑤ 안타까운 마음

4 ㈏의 시 속 인물과 비슷한 경험을 떠올린 친구에 ○표 하세요.

문제해결

(1) 새 옷을 입고 여행 갈 생각을 하니 가슴이 두근거렸어.

(2) 텔레비전을 보고 밤늦게까지 숙제를 하느라 잠을 못 잤어.

(3) 부모님과 캠핑을 가게 되어서 친구 생일잔치에 가지 못했어.

마음을 전하는 글에 대해 알기

★ 다음 그림을 살펴보고 어떤 방법으로 마음을 전했는지 빈칸에 알맞은 말을 쓰세요.

영업팀

마음을 전한 방법

• 직접 만나서 마음을 전합니다.

마음을 전한 방법

• ＿＿＿＿＿＿＿ 문자 메시지로 마음을 전합니다.

오늘 도와줘서 정말 고마워!

고맙긴~.

역시 내 친구.

마음을 전한 방법

• ＿＿＿＿＿＿＿ 을/를 써서 전합니다.

★ 상황에 알맞은 그림과 쪽지를 하나로 묶어 보세요.

할아버지께
할아버지, 일흔 번째 생신을 축하드려요. 지금처럼 늘 건강하시고, 행복하시길 빌어요.
정말정말 생신 축하드려요.
손녀 민정 올림

곰곰이 생각해 보니 제가 동생보다 잘못한 게 많아요. 동생이 놀아 달라고 부탁했는데 못 들은 척했어요. 형으로서 동생을 잘 돌봐야 하는데 귀찮게 한다고 주먹으로 머리도 때렸어요. 동생이 많이 아팠을 거예요. 다음부터는 동생과 사이좋게 지낼게요.

동호에게
동호야, 나 경수야.
어제 공에 맞아서 많이 아팠지? 일부러 그런 것은 아니지만 내가 찬 공 때문에 다쳐서 너무 미안했어. 그런데도 먼저 나한테 괜찮다고 말해 줘서 고마워. 넌 정말 좋은 친구야.

주제 탐구

다른 사람에게 글로 마음을 전할 때에는 편지를 씁니다. 편지에는 고마운 마음이나 미안한 마음, 축하하는 마음, 위로하는 마음 등이 담겨 있습니다. 편지를 읽을 때에는 보낸 사람과 있었던 일과 그 일에 대한 생각이나 느낌을 찾으며 읽습니다.

1 성진이가 지호에게 전하고 싶은 마음은 무엇입니까? (   )

국어

> 지호에게
> 지호야, 생일 축하해.
> 하늘도 네 생일을 축하하나 봐.
> 아침부터 예쁜 눈이 펄펄 내렸어.
> 이따가 생일 선물로 너를 닮은 멋진 눈사람을 만들어 줄게.
> 기대해도 좋아.
>
> 너의 친구 성진이가

① 고마운 마음   ② 미안한 마음
③ 축하하는 마음   ④ 위로하는 마음
⑤ 사과하는 마음

2 ㉠~㉢을 있었던 일과 그때의 생각이나 느낌으로 나누어 각각

국어 기호를 쓰세요.

> 진규야, 어제는 내가 너무 심했어.
> ㉠네가 잘못한 것도 아닌데 내가 너무 무섭게 화를 냈어.
> ㉡어제 너에게 화만 내고 사과하지 못해서 지금도 마음이 무거워.
> ㉢정말 미안해. 이번 일로 친한 친구 사이에도 지켜야 할 예절이 있다는 것을 깊이 깨달았어. 그러니 네가 넓은 마음으로 용서해 주었으면 좋겠어. 앞으로 우리 더욱 친하게 지내자.
>
> 미희가

(1) 있었던 일: (   )
(2) 그때의 생각이나 느낌: (   )

3 글쓴이가 이 글을 쓴 까닭은 무엇입니까? (   )

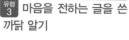

유형 3 마음을 전하는 글을 쓴 까닭 알기

글쓴이에게 있었던 일과 그때의 생각이나 느낌을 찾아 마음을 전하는 글을 쓴 까닭을 짐작합니다.

바슬즐

오늘 저는 우리 반 친구 현우와 싸우고 학급 문고를 찢었습니다. 현우가 읽는 만화책이 재미있어 보여서 저도 읽고 싶었습니다. 그래서 책을 조금만 보여 달라고 했는데 현우는 아직 다 읽지 않았다며 보여 주지 않았습니다. 저는 그 책이 너무 읽고 싶어서 현우에게 억지로 뺏으려고 했습니다. 그러다가 결국 책을 찢고 말았습니다.

저는 현우에게 너 때문에 책이 찢어졌다며 화를 냈습니다. 현우도 지지 않고 저 때문에 책이 찢어졌다고 화를 냈습니다. 결국 저희는 교실에서 계속 소리를 지르며 싸우다가 욕까지 하게 되었습니다.

친구와 싸우고 학급 문고까지 찢은 일은 정말 잘못했습니다. 학급 문고는 우리 반 모두의 책이므로 소중하게 다루고 순서를 기다려서 읽겠습니다. 그리고 제가 잘못한 일이 있다면 바로 사과하고 친구를 탓하지 않겠습니다. 친구와 소리를 지르면서 싸우지도 않고, 욕이나 거친 말도 쓰지 않겠습니다.

① 현우의 책을 찢어서 미안한 마음을 전하려고
② 현우에게 소리를 지르면서 싸운 일을 사과하려고
③ 책 정리를 도운 현우에게 고마운 마음을 전하려고
④ 현우와 싸우고 학급 문고를 찢은 일을 뉘우치려고
⑤ 현우가 책을 보여 주지 않아 서운한 마음을 전하려고

● 글의 종류 생활문

● 글의 특징 이 글은 신체 발달 검사 날 명지가 친구 채현이의 몸무게를 반 친구들에게 알려 준 일을 쓴 글과 명지가 쓴 사과 쪽지입니다.

● 낱말 풀이
흔치 보통보다 자주 있거나 일어나서 쉽게 접할 수 있지.
선뜻 동작이 빠르고 시원스러운 모양.
한창 어떤 일이 가장 활기 있고 왕성하게 일어나는 모양. 또는 어떤 상태가 가장 무르익은 모양.

오늘은 신체 발달 검사 날입니다. 명지는 키가 얼마나 컸는지, 몸무게가 얼마나 늘었는지 궁금해하면서 차례를 기다리고 있었습니다.

"김채현, 40킬로그램!"

명지는 바로 앞에 있던 채현이의 몸무게를 듣고 깜짝 놀랐습니다. 2학년 중에 40킬로그램이나 되는 아이는 흔치 않았기 때문입니다. 명지는 신기한 일이라는 듯이 반 친구들에게 채현이의 몸무게를 알려 주었습니다. 그러자 아이들도 모두 명지처럼 놀랐습니다. 명지는 재미난 이야기를 들려준 것 같아 기분이 좋았습니다.

그런데 반 아이들이 여기저기서 채현이의 몸무게를 소근대자 채현이가 눈물을 흘리기 시작했습니다. 그 모습을 본 명지는 자신이 큰 잘못을 했다는 것을 깨달았습니다. 하지만 우는 채현이에게 선뜻 말을 걸 용기가 나지 않았습니다. 집으로 돌아온 명지는 고민을 하다가 채현이에게 사과 쪽지를 쓰기로 했습니다.

㉠채현아, 나 명지야.
내가 네 몸무게를 반 친구들에게 말해서 속상했지?
㉡네 몸무게를 함부로 말해서 정말 미안해.
㉢내가 잘못했어. 네 기분을 생각하지 못했어.
엄마가 그러시는데, 우리는 한창 키 크는 나이니까
㉣너는 좀 더 키가 클 거라고 하셨어.
나도 그렇게 생각해. 우리 앞으로 사이좋게 지내자.

34

1 명지에게 있었던 일로 알맞지 <u>않은</u> 것은 무엇입니까? (   )

이해

① 채현이와 함께 책을 읽었다.

② 채현이에게 사과 쪽지를 썼다.

③ 채현이의 몸무게를 듣고 깜짝 놀랐다.

④ 반 친구들과 신체 발달 검사를 받았다.

⑤ 반 친구들에게 채현이의 몸무게를 알려 주었다.

2 ㉠~㉣ 중 명지의 마음이 나타난 표현을 <u>모두</u> 골라 기호를 쓰세요.

이해

(   )

3 명지가 채현이에게 쪽지로 전하려는 마음은 무엇인지 빈칸에 알맞은 낱말을 쓰세요.

추론

(   ) 마음

4 명지의 행동에 대한 의견을 알맞게 말한 친구에 ○표 하세요.

비판

(1) 명지는 채현이를 직접 만나서 사과해야 해.

(2) 명지와 반 아이들 모두 채현이에게 사과할 필요 없어.

(3) 명지가 잘못을 깨닫고 채현이에게 사과 쪽지를 쓴 것은 잘한 일이야.

35

05 마음을 전하는 글의 형식과 내용 이해하기

★ 다음 말판으로 주사위 놀이를 하면서 편지에 꼭 들어갈 내용에 모두 ○표 하세요.

편지에 꼭 들어갈 내용 찾기!

우리 집이 있는 곳

시작

첫인사

2칸 앞으로!

1칸 뒤로!

낱말 뜻

국어사전
형식
뜻 (검색 결과)
1. 사물이 나타나 보이는 모양.
2. 일을 할 때의 일정한 절차나 양식

엄마 아빠, 안녕하세요. 저 세진이에요.
집에서 매일 보는데 편지를 쓰려니 쑥스러워요.
하지만 어버이날을 맞아 꼭 감사하는 마음을 전하고 싶었어요. 엄마께서는 아침마다 저를 깨우시느라 늘 고생이 많으세요. 덕분에 제가 한 번도 지각하지 않고 학교에 다니고 있어요. 아빠께서는 제가 좋아하는 아이스크림과 빵을 자주 사 주셔서 고마워요. 전 아빠랑 같이 아이스크림을 먹을 때가 가장 행복해요.
제가 크면 엄마 아빠께서 해 주신 것처럼 행복하게 해 드릴게요. 엄마 아빠, 제가 효도할 때까지 늘 건강하세요.

20○○년 5월 8일 세진 올림

1칸 앞으로!

편지를 쓴 날짜

꽝

제목

주제 탐구

편지는 '받는 사람-첫인사-전하고 싶은 말-끝인사-쓴 날짜-쓴 사람'의 형식으로 이루어져 있습니다. 편지의 형식에서 빠진 부분은 없는지, 편지를 쓴 까닭은 무엇인지 생각하면서 글을 읽어 봅니다.

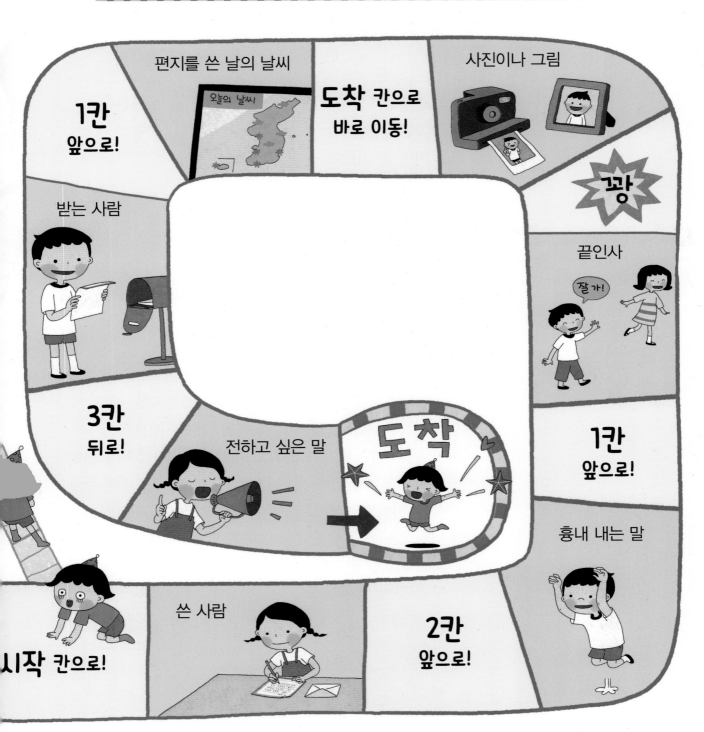

유형 1 편지에서 생략된 형식 찾기

편지의 시작 부분에 들어갈 첫인사의 내용을 찾습니다.

1 빈칸에 들어갈 내용으로 알맞은 것은 무엇입니까? (   )

국어

> 선생님께
>
> [   ]
>
> 찬 바람이 불던 겨울이 가고 어느새 따뜻한 봄이 왔어요. 창가에는 노란 개나리가 피었고 온 세상이 알록달록 예뻐졌어요. 선생님이 계신 그곳에도 예쁜 꽃들이 가득하겠지요?

① 선생님, 선생님!

② 선생님, 안녕하세요?

③ 선생님, 고맙습니다.

④ 선생님, 안녕히 계세요.

⑤ 선생님, 이만 줄일게요.

유형 2 편지의 형식 파악하기

편지에 들어가야 할 형식에 맞게 내용을 배열하여 정리하는 문제입니다.

2 편지의 형식에 맞게 빈칸에 ㈎~㈒의 기호를 쓰세요.

국어

> ㈎ 소영아, 안녕? 잘 지내지?
>
> ㈏ 소영이에게
>
> ㈐ 그럼 소영아, 다시 만날 여름 방학 때까지 안녕.
>
> ㈑ 네가 보내 준 편지는 잘 받았어. 편지와 함께 보내 준 강아지 사진을 보니 더 반가웠어. 우리 집에서 있을 때는 아주 작은 강아지였는데 지금은 많이 자라서 못 알아볼 정도였어.
>
>   막 태어났을 때는 보지도 듣지도 못하고 잠만 잤는데 벌써 뛰어다닌다니 신기해. 강아지는 태어나서 14일이 지나면 눈을 뜨고, 3주가 지나면 소리도 잘 듣는다고 하더라. 그리고 이때쯤이면 이빨도 나기 시작한다니 당연한 일이겠지?
>
>   네가 강아지와 함께 지내는 시간이 행복하다고 해서 네게 강아지를 보낸 것이 더 뿌듯했어.
>
> ㈒ 20○○년 ○○월 ○○일
> 친구 민주가

㈏ ➡ (   ) ➡ (   ) ➡ (   ) ➡ ㈒

3 연희가 이 편지를 쓴 까닭은 무엇입니까? (   )

유형 **3** 편지를 쓴 까닭 알기

글쓴이가 전하려는 마음을 바탕으로 편지를 쓴 까닭을 찾습니다.

국어

> 할머니께
>
> 할머니, 건강하게 잘 지내고 계세요?
>
> 저와 엄마 아빠는 모두 건강하게 잘 지내고 있어요.
>
> 얼마 전 할머니께서 졸업하셨다는 소식을 듣고 정말 기뻤어요. 그래서 멀리서나마 편지로 할머니를 축하해 드리고 싶었어요.
>
> 엄마는 '할머니가 자랑스럽다'고 하시며 눈물까지 흘리셨어요. 일흔이 넘는 나이에 고등학교 공부를 마치시다니, 정말 자랑스러워요. 그래서 졸업식에 꼭 가고 싶었는데 아빠가 회사 일이 바쁘셔서 갈 수 없었어요.
>
> 아빠는 늦게라도 축하해 드리겠다고 하시며 3월에 한국으로 가자고 하셨어요. 그때 우리 가족끼리 모여 다시 한번 졸업 축하 잔치를 했으면 좋겠어요.
>
> 할머니, 한국에 갈 날짜가 확실히 정해지면 다시 편지를 쓸게요. 그때까지 건강하게 잘 지내세요. 그럼 안녕히 계세요.
>
> 20○○년 ○○월 ○○일
> 손녀 연희 올림

① 할머니를 위로해 드리려고

② 할머니의 졸업을 축하해 드리려고

③ 고등학교에 간다는 소식을 알리려고

④ 엄마가 아프셨다는 소식을 전하려고

⑤ 자신의 졸업식에 할머니를 초대하려고

●글의 종류 편지

●글의 특징 이 글은 전학을 간 민영이가 친구 지나에게 여름 방학 때 계곡에서 물놀이를 하자고 집으로 초대하는 편지입니다.

●낱말 풀이
전학 다니던 학교에서 다른 학교로 학생 기록을 옮겨 가서 배움.
흔쾌히 기쁘고 유쾌하게.
부디 '바라건대', '꼭', '아무쪼록'의 뜻으로, 남에게 부탁할 때 바라는 마음이 간절함을 나타내는 말.

지문 ★ ★ ★

낱말 ★ ★ ★

지나에게

㉠지나야, 안녕? 나 민영이야. 내 편지 많이 기다렸지?

전학을 가면서 자주 편지하겠다고 하고 하지 못해 미안해. 매달 네 편지만 받고서 바로 답장하지 못한 것은 내 게으름 때문이야. 하지만 절대 널 잊은 것은 아니란다. 넌 여전히 나의 가장 친한 친구니까.

지나야, 내가 이번 여름 방학에 계획을 세웠어. 지금 내가 편지를 쓰는 것도 그 멋진 계획을 너에게 알려 주기 위해서야. 얼마 전 엄마 아빠와 드라이브를 갔다가 멋진 계곡을 발견했거든. 이곳에 이사 온 지 얼마 되지 않아서 가까이에 계곡이 있다는 것을 몰랐어. ㉡나는 엄마께 이 멋진 계곡을 네게 알려 주고 함께 물놀이도 하고 싶다고 말씀드렸어. 우리 엄마도 흔쾌히 허락해 주셨단다. 네가 너희 엄마께 잘 말씀드려서 허락만 받으면 우리는 여름 방학 내내 이 계곡에서 물놀이를 할 수 있어. 어때? 정말 신나는 계획이지?

부디 네가 너희 엄마의 허락을 받아 여름 방학에 우리 집에 놀러 오기를 바라. 오늘부터 나는 매일매일 기도할 거야. 지나랑 여름 방학을 보내게 해 달라고 말이야. 꼭 너와 여름 방학을 함께 보냈으면 좋겠다.

㉢그럼 우리 집에 올 수 있게 허락받았다는 연락 기다릴게. 다시 만나는 날까지 잘 지내.

친구 민영이가

1 이 글은 누가 누구에게 쓴 편지인지 빈칸에 알맞은 말을 쓰세요.

이해

- ☐☐☐☐☐☐☐ 이/가 ☐☐☐☐☐☐☐ 에게

2 민영이가 이 글을 쓴 까닭은 무엇입니까? (   )

이해

① 멀리 전학 간 일을 사과하려고

② 가족과 계곡에 간 일을 자랑하려고

③ 여름 방학 때 놀러 오라고 초대하려고

④ 이전 학교 친구들의 소식을 물어보려고

⑤ 지나의 편지를 받지 못했다고 알리려고

3 ㉠~㉢에 알맞은 편지의 형식을 선으로 이으세요.

구조

(1) ㉠ •

(2) ㉡ •

(3) ㉢ •

• ① 끝인사

• ② 첫인사

• ③ 전하고 싶은 말

4 이 편지에서 빠진 내용은 무엇입니까? (   )

구조

① 쓴 사람   ② 첫 인사   ③ 쓴 날짜

④ 받는 사람   ⑤ 전하고 싶은 말

소리는 같지만 뜻이 다른 낱말

사람의 생각이나 느낌을 표현하고 전하는 '말'과 타고 다니는 '말'은 똑같이 [말]이라고 소리 내지만 뜻이 달라요. 또 어두워진 때인 '밤'과 밤나무의 열매 '밤'을 모두 [밤]이라고 소리 나지요. 이렇게 소리는 같지만 뜻이 다른 낱말의 뜻을 구별하려면 낱말이 쓰인 앞뒤 상황을 잘 살펴보아야 해요.

눈 ① 사람이나 동물의 눈과 ② 하늘에서 내리는 눈이라는 뜻이 있어요.
말 ① 사람이 하는 말과 ② 동물 말이라는 뜻이 있어요.
밤 ① 해가 지고 어두운 밤과 ② 밤나무의 열매, 밤이라는 뜻이 있어요.
병 ① 액체나 가루 등을 담는 병과 ② 몸이 아픈 병이라는 뜻이 있어요.
벌 ① 잘못을 했을 때 받는 벌과 ② 곤충 벌이라는 뜻이 있어요.
풀 ① 종이를 붙일 때 바르는 풀과 ② 식물 풀이라는 뜻이 있어요.
배 ① 사람의 신체 부위 배와 ② 과일 배, ③ 물 위를 떠다니는 배라는 뜻이 있어요.

1 밑줄 친 낱말이 뜻하는 그림에 ○표 하세요.

(1) 배는 큰 바다를 향해 떠나갔다.

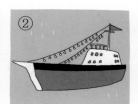

(2) 나는 졸려서 눈을 뜰 수 없었다.

2 두 문장의 빈칸에 공통으로 들어갈 낱말을 보기에서 찾아 쓰세요.

보기

밤　　병　　풀　　벌　　눈

(1)
• ☐에 우유를 가득 담았다.
• 할머니께서는 ☐이/가 나아 건강해지셨다.

(2)
• ☐이/가 꽃을 찾아 날아왔다.
• 친구와 싸우는 바람에 선생님께 ☐을/를 받았다.

이번 주 나의 독해력은?	이번 주 학습을 모두 끝마쳤나요?	☺ ☺ ☹
	시 속 인물의 마음을 찾을 수 있나요?	☺ ☺ ☹
	마음을 전하는 글에 대해 잘 알고 있나요?	☺ ☺ ☹

정답 1. (1) ② (2) ① 2. (1) 병 (2) 벌

일이 일어난 차례를 나타내는 말 알기

★ 다섯 개의 퍼즐 조각에서 일이 일어난 차례를 나타내는 말을 찾아 ○ 표 하세요. 그리고 빈 퍼즐 조각에 ○표 한 낱말들을 쓰세요.

이른 새벽, 아버지와 아들은 당나귀를 팔려고 집을 나섰습니다.

해가 떠오를 무렵, 아버지와 아들이 한 마을에 들어섰습니다.
마을 사람들은 왜 당나귀를 타지 않고 끌고 가는지 물었습니다.
마을 사람들의 말을 들은 아버지는 당나귀에 아들을 태웠습니다.

아버지와 아들은 점심때 나무 그늘에서 쉬고 있던 노인을 만났습니다.
"쯧쯧, 아버지는 걸어가고 아들이 당나귀를 타다니……."
노인이 혀를 차면서 말하자, 아들 대신 아버지가 당나귀에 올라탔습니다.

저녁이 되어 당나귀를 탄 아버지와 아들은 다리를 건너게 되었습니다.
그 모습을 본 뱃사공은 당나귀가 불쌍하다고 말했습니다. 그 말을 들은 아버지와 아들은 당나귀에서 내려 당나귀를 둘러메고 다리를 건넜습니다.

해가 질 무렵 만난 빨래터 여인들은 아버지와 아들을 보고 수군댔습니다.
"둘이 같이 타면 되잖아."
아버지와 아들은 함께 당나귀 등에 올라탔습니다.

주제 탐구

'아침, 점심, 오후, 밤'과 같은 말을 시간을 나타내는 말이라고 합니다. 시간을 나타내는 말에는 하루의 때나 계절, 날짜, 요일, 시간도 있습니다. 이렇게 시간을 나타내는 말을 찾으며 이야기를 읽으면 일이 일어난 차례를 쉽게 알 수 있습니다.

유형 1 시간을 나타내는 낱말 찾기

글에서 계절과 하루 중의 때, 날짜와 시간, 요일 등 시간을 나타내는 낱말을 찾습니다.

1 이 글에서 시간을 나타내는 말을 <u>두 가지</u> 찾아 쓰세요.

국어

> 아침에, 형제는 장사를 하려고 다리를 건너다가 물속에 반쯤 잠긴 금덩이를 두 개 발견했어요.
> "형님, 저것이 무엇이랍니까?"
> "아이고, 저건 금덩이가 아니냐."
> 형제는 기뻐하며 금덩이를 건져 나누어 가졌어요. 그리고 점심때가 되어 다시 강을 건너기 위해 다리 위로 올라갔어요. 그런데 어찌된 일인지 아침처럼 즐겁지 않았어요.

(   )

유형 2 일의 차례를 나타내는 말 알기

'먼저, 처음, 나중에, 끝으로' 등 일의 차례를 알려 주는 말을 찾습니다.

톨 밤이나 곡식의 낱알을 세는 말.
양지바른 땅이 볕을 잘 받게 되어 있는.

2 이 글에서 일의 차례를 알려 주는 말을 <u>모두</u> 고른 것은 무엇입니까? (   )

국어

> 멀리서 제비가 날아오더니 흥부의 발 앞에 박씨 한 톨을 떨어뜨리고 날아갔습니다. 흥부는 그 박씨를 양지바른 울타리 밑에 심었습니다.
> 그러자 박씨 심은 자리에서 먼저 파릇한 새싹이 돋아났습니다. 새싹은 하루가 다르게 자라더니 다음에는 굵은 줄기를 이루었습니다. 줄기는 계속 자라 초가지붕까지 타고 올라갔습니다. 작은 씨앗이었던 박씨는 마지막에는 커다란 박이 되어 주렁주렁 열렸습니다.

① 박씨, 먼저   ② 먼저, 다음에는
③ 먼저, 마지막에는   ④ 다음에는, 마지막에는
⑤ 먼저, 다음에는, 마지막에는

3 이 글에서 일이 일어난 차례에 맞게 빈칸에 숫자를 쓰세요.

^{유형}3 일이 일어난 차례 파악하기

이야기에서 시간을 나타내는 말을 찾아 일이 일어난 차례를 파악합니다.

온데간데없고 감쪽같이 남긴 자리를 감추어 찾을 수가 없고.

어느 날 점심 무렵, 욕심꾸러기 영감은 한 청년이 무거운 나무 지게를 지고 휘파람을 불며 산을 내려오는 모습을 보았습니다. 욕심꾸러기 영감은 그 청년을 보고 깜짝 놀랐습니다.

"아니, 어찌 이리 젊어졌소? 당신은 늙은 할아버지였잖소?"

욕심꾸러기 영감의 말에 청년은 활짝 웃으며 말했습니다.

"맞소, 나는 꼬부랑 할아버지였소. 산속에서 옹달샘을 몇 번 떠서 마셨더니 이렇게 젊어졌다오."

청년은 옹달샘이 있는 곳을 알려 주고 떠났습니다.

욕심꾸러기 영감은 청년이 말한 산속으로 들어갔습니다.

해가 질 때가 다 되어 욕심꾸러기 영감도 산속에서 옹달샘을 찾았습니다. 욕심꾸러기 영감은 젊어지고 싶은 욕심에 옹달샘에 엎드려서 샘물을 벌컥벌컥 들이마셨습니다.

이튿날 아침이 되었습니다. 옹달샘가에는 욕심꾸러기 영감이 온데간데없고, 웬 갓난아기가 울고 있었습니다. 욕심꾸러기 영감이 샘물을 너무 많이 마셔서 젊어지다 못해 갓난아기가 된 것입니다.

(1) 욕심꾸러기 영감이 갓난아기가 되었다.　　　　(　　　)

(2) 욕심꾸러기 영감이 청년이 된 할아버지를 만났다.　(　　　)

(3) 욕심꾸러기 영감이 산속 옹달샘에서 샘물을 마셨다.　(　　　)

(4) 청년이 욕심꾸러기 영감에게 옹달샘이 있는 곳을 알려 주었다.

　　　　　　　　　　　　　　　　　　　(　　　)

지문
★
☆
☆

낱말
★
★
☆

● 글의 종류 이야기(동화)

● 글의 특징 이 글은 부자가 효심이 깊은 세 딸을 가진 선비를 찾아가 가족이 화목한 비결을 물었던 옛이야기 「짧아진 바지」 중 일부입니다. 주어진 글은 세 딸이 모두 바지를 한 뼘씩 줄여 선비가 짧아진 바지를 입게 된 장면입니다.

● 낱말 풀이
진즉에 좀 더 일찍이.
바짓단 바지의 아래 끝부분.

점심을 먹고 난 다음 선비는 바지를 요리조리 살폈어요.

"바지가 좀 긴걸. 내일 입어야 하는데 이를 어쩌지?"

그 모습을 보고 딸들이 다가와 물었어요.

"아버지, 왜 그러셔요?"

"내일 이 바지를 입고 나가야 하는데 좀 길구나. 누가 한 뼘만 줄여 주겠니?"

선비는 딸들에게 부탁하고 친구를 만나러 나갔어요.

그날 저녁, 첫째 딸이 아버지 방에 놓인 바지를 줄이기 시작했어요.

'가엾은 아버지, 어머니가 살아 계셨다면 진즉에 알맞게 줄여 주셨을 텐데. 내가 꼭 맞게 줄여 드려야겠어.'

그런데 이런 생각을 한 것은 첫째 딸만이 아니었어요. 밤이 되자 둘째 딸이 슬그머니 아버지 방으로 와서 아버지의 바지를 줄였지요. 그리고 밤이 더 깊어지자 셋째 딸도 아버지의 바지를 줄이려고 집어 들었어요.

'언니들이 어머니를 대신해서 살림을 하느라 힘들 텐데 아버지 바지는 내가 줄여야지.'

셋째 딸은 바짓단을 한 뼘 싹둑 잘라 길이를 줄였어요.

다음 날 아침, 아버지는 바지를 입고 깜짝 놀랐어요. 한 뼘 길었던 바지가 무릎까지 올라올 정도로 ⟨ ㉠ ⟩ 뼘이나 짧아졌기 때문이에요.

1 아버지의 바지가 짧아진 까닭은 무엇입니까? (   )

① 첫째 딸이 두 뼘을 줄여서

② 둘째 딸이 바지를 두 번 줄여서

③ 세 딸이 모두 아버지의 바지를 줄여서

④ 첫째 딸과 둘째 딸이 모두 바지를 줄여서

⑤ 둘째 딸과 셋째 딸이 바지를 한 뼘씩 줄여서

2 이 글에서 시간을 나타내는 말과 일어난 일을 선으로 이으세요.

(1) 점심	•	•	① 둘째 딸과 셋째 딸이 바짓단을 한 뼘씩 줄여 놓음.
(2) 저녁	•	•	② 첫째 딸이 바짓단을 한 뼘 줄여 놓음.
(3) 밤	•	•	③ 아버지가 바지를 한 뼘만 줄여 달라고 부탁함.

3 ㉠에 들어갈 알맞은 낱말을 쓰세요. (   )

4 이 글을 읽고 짐작할 수 있는 아버지의 모습에 ○표 하세요.

(1)

(2)

(3)

겪은 일을 차례대로 정리하기

★ '내'가 겪은 일의 차례를 생각하며 글을 읽어 보세요.

"으, 불편해!"

머리카락이 너무 자랐나 봐요. 아침부터 머리카락이 눈을 찌르는 통에 도무지 만화책에 집중할 수가 없었어요. 나는 더는 참지 못하고 엄마와 함께 미용실에 갔어요.

"아이고, 머리가 많이 자랐구나."

미용사 아주머니는 커다란 천을 내 몸에 두르고 가위를 들었어요.

'사삭, 싹싹!'

가위 소리에 맞추어 긴 머리카락들이 사르륵 잘려 나갔어요.

머리를 자른 다음 아주머니는 향기 나는 샴푸와 따뜻한 물로 머리도 감겨 주셨어요. 누워서 머리를 감을 때 나는 왕 대접을 받는 느낌이었어요.

수건을 풀어 낸 젖은 머리는 '위잉' 하는 드라이어 바람으로 말렸지요. 점심때가 다 되어 머리 손질이 끝났어요. 머리카락을 자르고 난 내 모습은 엄청 멋졌어요!

★ 글쓴이가 겪은 일을 살펴보고, 사다리를 타고 내려가 겪은 일의 차례
에 맞게 번호를 쓰세요.

1

주제 탐구

시간을 나타내는 말이나 일이 일어난 차례를 나타내는 말을 살펴보면 글쓴이가 겪
은 일을 차례대로 정리할 수 있습니다. 겪은 일을 차례대로 정리하면 겪은 일을 더
잘 이해할 수 있고 머릿속에 잘 정리할 수 있습니다.

1 이 글에서 '나'가 가장 <u>나중에</u> 겪은 일은 무엇입니까? (   )

국어

> 아빠가 산에 가자고 토요일 아침 일찍부터 잠을 깨우셨습니다. 겨우 일어났더니 아빠는 벌써 주먹밥을 만들고 계셨습니다. 엄마도 과일을 깎아 도시락에 담으셨습니다.
>
> 우리 가족은 서둘러 집을 나섰습니다. 산길에는 솔솔 바람이 불어 기분이 좋았습니다. 우리는 점심때가 되어서야 산꼭대기에 도착했습니다. 그곳에서 준비한 도시락을 먹었습니다.
>
> 어둑어둑해질 무렵, 산에서 내려온 아빠와 나는 목욕탕에 갔습니다.

① 아침 일찍 일어난 일   ② 아빠와 목욕탕에 간 일
③ 과일 깎는 엄마를 본 일   ④ 산에서 도시락을 먹은 일
⑤ 산길에 바람이 불었던 일

2 마젤란이 겪은 일의 차례에 맞게 빈칸에 숫자를 쓰세요.

국어

> 포르투갈의 탐험가 마젤란은 새로운 땅을 발견하려고 270명의 선원과 항해에 나섰습니다. 마젤란이 탄 배가 꼬불꼬불한 바닷길과 남아메리카를 벗어나자 눈앞에 끝없이 넓은 바다가 나타났습니다. 마젤란은 이 바다를 '태평양'이라고 이름 붙였습니다. 태평양을 지나는 데는 약 38일이 걸렸습니다. 그리고 다시 14주가 지나 마젤란은 섬 하나를 발견했습니다. 이것이 바로 '괌'입니다. 괌에서 잠시 쉰 마젤란은 다시 바다로 나갔고 얼마 후 '필리핀'에 도착했습니다.

(1) 마젤란은 '괌'에 도착하였다.   (   )
(2) 마젤란은 '필리핀'에 도착하였다.   (   )
(3) 마젤란이 선원 270명과 항해에 나섰다.   (   )
(4) 넓은 바다에 도착하여 '태평양'이라고 이름 붙였다.   (   )

3 이 글에서 태호가 겪은 일의 차례를 알 수 <u>없는</u> 말은 무엇입니까? (   )

유형 3 겪은 일의 차례를 알려 주는 표현 찾기

시간을 나타내는 말이나 일의 차례를 나타내는 말 등 인물이 겪은 일의 차례를 짐작할 수 있는 표현을 찾습니다.

반환점 경보나 마라톤 등의 경기에서 선수들이 돌아오는 점을 표시한 표지.

며칠 전, 태호는 이어달리기 반 대표로 뽑혔습니다. 달리기를 잘하는 태호는 1학년 때도 반 대표 이어달리기 선수였는데 이번 체육 대회에도 당당히 뽑혔습니다.

오늘은 태호가 달리기 실력을 뽐내는 체육 대회 날입니다. 태호는 아침 일찍 일어나 몸을 풀었습니다. 준비 운동을 충분히 해야 달리기도 빨라지고 달리다가 넘어지지도 않으니까요.

체육 대회의 첫 순서는 공 굴리기 경기였습니다. 커다란 공을 굴려서 반환점을 먼저 돌아오면 이기는 경기입니다. 태호는 힘껏 공을 굴렸지만 공은 엉뚱한 곳으로 굴러가 버렸습니다. 앞이 잘 보이지 않을 정도로 커다란 공을 굴리는 것은 쉬운 일이 아니었습니다. 태호는 힘을 세게 주는 것보다 친구들과 힘을 모아 굴리는 일이 중요하다는 것을 깨달았습니다.

공 굴리기 경기가 끝나고 점심을 먹었습니다. 운동장에 돗자리를 깔고 가족들과 둘러앉아 김밥을 먹었습니다.

점심을 먹고 2시가 되자 이어달리기 경기가 시작되었습니다. 태호는 콩닥콩닥 뛰는 가슴을 달래려고 숨을 깊이 내쉬었습니다. 경기가 시작되자 태호는 있는 힘껏 달리고 또 달렸습니다.

① 오늘은
② 며칠 전
③ 체육 대회의 첫 순서는
④ 달리기를 잘하는 태호는
⑤ 점심을 먹고 2시가 되자

●글의 종류 일기

●글의 특징 이 글은 내가 급하게 밥을 먹고 체한 일을 글감으로 나를 걱정하고 도와준 선생님, 친구와 가족에게 고마운 마음을 솔직하게 쓴 일기입니다.

●낱말 풀이
한결 전과 비교하여 조금 더.

지문 ★ ★ ☆

낱말 ★ ★ ☆

20○○년 ○○월 ○○일 화요일	날씨: 햇님이 방긋 웃은 날

㉠아침에 늦잠을 잔 나는 학교에 늦을까 봐 ㉡급하게 밥을 먹고 뛰어서 학교에 갔다. 밥을 먹자마자 심하게 뛰어서인지 1교시부터 속이 좋지 않았다.

㉢2교시 수업 시간이 되자 토할 것처럼 속이 울렁거리고 머리도 아팠다. 선생님께서 내 모습을 보시고 보건실에 다녀오라고 하셨다. 짝꿍 호영이가 나와 함께 보건실에 갔다. 호영이는 걷기 쉽게 내 팔을 잡아 주었다. 그리고 집에 돌아올 때도 집까지 데려다주었다. 정말 고마웠다.

㉣오후에 집에 돌아오니 할머니께서 집에 계셨다. 할머니께서는 얼굴이 하얘진 나를 걱정스럽게 바라보셨다. 나는 보건실에서 약을 먹어서 괜찮다고 말씀드렸다. 하지만 배는 계속 아팠다. 할머니께서 따뜻한 손으로 내 배를 살살 문질러 주셨다. 나는 할머니 덕분에 한결 나아져서 낮잠까지 잤다.

자고 일어나니 배도 아프지 않고, 머리 아픈 것도 사라졌다.

하지만 엄마는 아직 조심해야 한다며 ㉤저녁에 죽을 만들어 주셨다. 부드러운 죽은 내 배 속을 살살 달래 주는 느낌이었다. 그래서 지금은 정말로 아픈 배가 다 나았다.

이렇게 건강해진 것은 나를 걱정해 주신 선생님, 보건실과 집에 데려다준 호영이, 배를 문질러 주신 할머니, 죽을 만들어 주신 엄마 덕분이다. 내게 정말로 고마운 분들이다.

1 글쓴이가 겪은 일이 <u>아닌</u> 것은 무엇입니까? (   )

이해

① 짝꿍과 보건실에 간 일

② 엄마가 죽을 끓여 주신 일

③ 늦게까지 잠을 자지 못한 일

④ 학교에 늦을까 봐 뛰어간 일

⑤ 할머니가 배를 문질러 주신 일

2주 2일
학습 끝!

붙임 딱지 붙여요.

2 ㉠~㉤ 중 '시간을 나타내는 말'이 <u>아닌</u> 것의 기호를 쓰세요.

구조

(   )

3 내가 겪은 일의 차례에 맞게 빈칸에 숫자를 쓰세요.

구조

4 이 글 속의 '내'가 고마운 사람들에게 편지로 마음을 전할 때 알맞은

문제해결 표현을 생각하여 한 문장으로 쓰세요.

일이 일어난 차례대로 정리하기

★ 다음 네 개의 그림을 보고 나그네에게 일어난 일을 생각해 보세요.

★ 나그네의 말을 읽고 일이 일어난 차례에 맞게 그림 속의 번호를 쓰세요.

나는 가난한 나그네입니다. 그래서 마땅히 신을 신도 없었지요. 그렇게 신도 없이 길을 가고 있는데 냇가에 짚신이 둥둥 떠내려오지 뭡니까? 나는 냇가로 가서 짚신을 건졌어요. 그 덕분에 지금은 이렇게 짚신을 신고 있습니다. 정말 운이 좋았어요.

3 → ⬚ → ⬚ → 1

나는 튼튼한 짚신을 신고 길을 가고 있었어요. 그러다 잠시 쉬려고 냇가에 앉았지요. 그런데 그만 짚신이 냇물에 빠졌지 뭐예요. 짚신을 꺼내려고 애를 썼지만 결국 짚신은 둥둥 떠내려가고 말았지요. 그래서 지금은 이렇게 맨발로 걷고 있답니다.

1 → ⬚ → ⬚ → 3

주제 탐구

　이야기에서 일이 일어난 차례를 잘못 파악하면 전체 글의 내용이 달라집니다. 일이 일어난 차례를 바르게 정리하려면 차례를 알 수 있는 말에 주의하며 읽습니다. 글에서 '오전, 오후, 아침, 아홉 시'와 같은 시간을 나타내는 말을 찾아 어떤 일이 있었는지 일어난 일의 순서를 살펴 차례대로 정리합니다.

1 이 글을 간추린 내용의 빈칸에 들어갈 말을 쓰세요.

국어

> 1980년 5월 18일, 미국 워싱턴주에 있는 세인트헬렌스산의 봉우리가 끓어오르기 시작했어요. 화산 폭발이 일어난 거예요. 잿가루와 돌덩이가 하늘 높이 솟아오르고 채 한 시간이 지나기도 전에 세상은 어둠 속에 갇히고 말았어요. 화산재가 하늘을 덮어 한낮인데도 불을 켜야 할 정도로 어두웠지요.
> 화산 폭발이 멈춘 다음 사람들은 70일 동안 도로와 차도, 지붕 위에 있는 재를 열심히 치웠어요.

• (   ), 세인트헬렌스산이 폭발했다. ➡ 한 시간이 지나기 전에 화산재가 하늘을 덮어 한낮인데도 어두웠다. ➡ 화산 폭발이 멈춘 다음 사람들은 70일 동안 화산재를 치웠다.

2 다음 중 가장 먼저 일어난 일은 무엇입니까? (   )

국어

> 어느 날 아침, 한 상인이 바닷가에서 소금 한 자루를 샀어요. 상인은 당나귀의 등에 소금 자루를 싣고 집으로 향했어요. 집으로 돌아가는 길에 얕은 강물을 중간쯤 건너갔을 때 당나귀가 강에 넘어졌어요. 상인이 당나귀를 일으켰지만 이미 소금이 녹아 버린 뒤였어요.
> 다음 날 아침, 상인은 다시 바닷가로 소금을 사러 갔어요. 집으로 돌아가는 길에는 다시 강을 건너야 했지요. 당나귀는 꾀를 내어 강물의 중간쯤 왔을 때 일부러 넘어졌어요.

① 상인이 바닷가에서 소금을 산 일
② 당나귀가 강물 중간에서 넘어진 일
③ 상인이 당나귀에게 소금 자루를 실은 일
④ 상인이 다시 바닷가로 소금을 사러 간 일
⑤ 상인이 당나귀를 일으켰지만 소금이 녹은 일

3

국어

이 글에서 일이 일어난 차례에 맞게 ㉮~㉰의 기호를 쓰세요.

유형 3 일이 일어난 차례 정리하기

시간을 나타내는 표현과 유관순이 한 일을 중심으로 일의 차례를 정리하는 문제입니다.

고향 자기가 태어나서 자란 곳.
일일이 하나씩 하나씩.
위협했지만 힘으로 으르고 협박했지만.
목청껏 있는 힘껏 큰 소리를 내어.

1919년 3월 1일, 서울은 '대한 독립 만세'를 외치는 소리로 가득했어요. 일본에게 빼앗긴 나라를 되찾기 위한 3·1 운동이 벌어진 거예요. 나라를 되찾는 일에 학생이라고 해서 빠질 수는 없었어요. 고등학생이던 유관순은 학교를 빠져나와 만세 운동에 참여했어요. 그리고 서울에서 벌어진 독립 만세 운동을 고향에도 널리 퍼뜨려야겠다고 생각했지요.

얼마 후, 유관순은 부모님이 살고 계시는 천안으로 내려갔어요. 그리고 고향 사람들을 일일이 찾아다니며 '3·1 운동'에 대해 알렸어요. 그 결과 사람들을 아우내 장터에 장이 서는 날 만세 운동을 벌이기로 했어요. 유관순은 낮에는 사람들에게 만세 운동을 알리고, 밤에는 만세 운동에 쓰일 태극기를 만들었어요.

드디어 유관순의 고향에서도 3·1 운동과 같은 독립 만세 운동이 일어났어요. 일본 경찰이 총칼을 들고 위협했지만 사람들은 목청껏 '대한 독립 만세'를 외쳤어요. 유관순은 사람들 앞에 서서 더 크게 만세를 외쳤지요. 그러다 일본 경찰에 붙잡히고 말았어요.

일본 경찰에 잡힌 뒤, 유관순은 감옥에 갇혔어요. 하지만 유관순은 감옥에서도 '대한 독립 만세'를 쉬지 않고 외쳤답니다.

㉮ 유관순이 감옥에 갇혀서 '대한 독립 만세'를 외쳤다.
㉯ 유관순이 고향에서 3·1 운동을 알리고 만세 운동을 벌였다.
㉰ 유관순이 서울에서 3·1 운동에 참여하여 독립 만세를 외쳤다.

(   ) ➡ (   ) ➡ (   )

● 글의 종류 이야기(동화)

● 글의 특징 이 글은 영수가 실수로 교실에서 친구와 함께 넘어진 일과 그 후에 선생님께 불려 가서 눈물을 흘린 일을 담은 이야기입니다.

● 낱말 풀이
휘청이다 걸을 때 다리에 힘이 없어 똑바로 걷지 못하고 넘어질 듯 흔들리다.
교탁 수업이나 강의를 할 때에 책 따위를 올려놓으려고 교단 앞이나 위에 놓은 탁자.

지문 ★ ★ ☆

낱말 ★ ★ ☆

'댕, 댕, 댕, 댕!'

수업을 마치는 종소리는 언제 들어도 반갑습니다. ㉠4교시 수업이 끝나자 나는 복도로 뛰어나갔습니다. 그런데 ㉡그 순간 누군가 내 앞을 휙 지나가며 나를 밀었습니다. 나는 몸을 휘청이다 문 앞에 있던 민재와 동시에 교실 바닥에 쓰러졌습니다.

"아이쿠!"

나는 서둘러 몸을 일으켰습니다. 하지만 민재는 일어나지 못하고 주저앉아 울었습니다. 내가 민재의 몸 위로 넘어졌기 때문에 충격이 더 컸던 모양입니다. 민재의 울음소리에 아이들이 몰려들었습니다. 뒤이어 선생님도 오셨습니다.

"민재야, 괜찮니?"

선생님께서는 우는 민재를 달래시고, 다친 곳이 없는지도 살피셨습니다. 다행히 민재는 크게 다치지 않았습니다.

㉢점심 시간이 지나고 나서 선생님께서 나를 교탁 앞으로 부르셨습니다.

"영수야, 어떻게 된 일이니?"

㉮선생님의 다정한 목소리가 들리자 나는 눈물부터 나왔습니다. 민재가 다친 것은 미안했지만 일부러 그런 일도 아니었기 때문입니다.

"영수야, 널 혼내려는 게 아니야."

선생님께서는 울음이 터진 나를 달래 주셨습니다. 나에게도 다친 곳이 없는지 물으시고, ㉣다음부터는 복도에 나갈 때 조심하라고 말씀하셨습니다.

60

1 이 글에서 영수에게 있었던 일이 <u>아닌</u> 것은 무엇입니까? (   )

이해

① 민재가 우는 모습을 본 일

② 민재와 함께 교실 바닥에 넘어진 일

③ 선생님께서 교탁 앞으로 자신을 부르신 일

④ 아이들이 넘어진 자신과 민재를 놀려 댄 일

⑤ 선생님께서 우는 자신을 달래 주고 타이르신 일

2주 3일
학습 끝!

붙임 딱지 붙여요.

2 ㉠~㉣ 중 일의 차례를 알려 주는 표현이 <u>아닌</u> 것의 기호를 쓰세요.

이해

(   )

3 이 글에서 일이 일어난 차례에 맞게 ㉮~㉰의 기호를 쓰세요.

구조

(   ) ➡ (   ) ➡ (   )

4 ㉮에서 알 수 있는 영수의 마음은 무엇입니까? (   )

추론

① 기쁜 마음   ② 속상한 마음

③ 미안한 마음   ④ 즐거운 마음

⑤ 부끄러운 마음

61

인물이 한 일과 까닭 알기

★ 너구리 탐정의 질문에 알맞은 답을 골라 ○표 하세요. 그리고 신데렐라가 떠난 까닭이 무엇인지 빈칸에 쓰세요.

"신데렐라야, 12시가 되면 마법이 풀려 본래의 모습으로 돌아올 거야. 그러니 12시 전에는 꼭 돌아오렴."

요정 할머니는 인자한 얼굴로 말했습니다.

"네, 12시까지는 돌아올게요. 그럼 다녀오겠습니다."

신데렐라가 대답하자 마차가 출발했습니다. 마차는 얼마 지나지 않아 성에 도착했습니다.

성에는 맛있는 음식이 차려져 있고 아름다운 음악이 흘러넘쳤습니다. 잔치에 온 사람들은 모두 예쁘고 멋있었습니다. 그렇지만 그중에서 가장 눈에 띄는 것은 신데렐라였습니다.

왕자는 신데렐라에게 춤을 청했습니다. 신데렐라는 왕자의 손을 잡고 음악에 맞춰 즐겁게 춤을 추었습니다.

그런데 12시를 알리는 시계 소리가 들리자 깜짝 놀란 신데렐라는 왕자를 남겨 두고 성 밖으로 달려 나갔습니다. 어찌나 급히 떠났는지 계단에는 신데렐라의 유리 구두 한 짝이 떨어져 있었습니다.

신데렐라가 이 유리 구두를 떨어뜨리고 급히 나갔어요. 왜 그렇게 떠난 걸까요?

신데렐라가 떠난 까닭은 바로

-------------------------------- 입니다!

유리 구두가 참 예쁘네요.

• 신데렐라가 성을 떠난 시간은 언제일까요?

• 신데렐라가 성을 떠난 까닭과 관련 있는 인물은 누구일까요?

• 12시가 되면 신데렐라에게 어떤 일이 벌어질까요?

주제 탐구

　　이야기에서 인물이 한 일과 그 까닭을 알아보면 인물의 처지와 마음을 알 수 있어 인물을 잘 이해할 수 있습니다. 이야기에서 앞뒤의 내용을 살펴보며 인물이 한 일과 왜 그 일을 하게 되었는지 까닭을 짐작해 봅니다. 그리고 나라면 어떻게 했을지도 함께 생각해 봅니다.

유형 1 인물이 한 일과 까닭 구별하기

글에서 인물이 한 일과 그 일의 까닭이 나타난 부분을 찾아 구별하는 문제입니다.

참찬 조선 시대에, 의정부에 속한 정이품 벼슬.
판서 조선 시대에 둔, 육조의 으뜸 벼슬.

1 ㉠~㉣을 인물이 한 일과 까닭으로 구별하여 빈칸에 알맞은 기호를 쓰세요.

국어

> 이 참찬과 권 판서는 담장을 사이에 둔 이웃이었습니다. 그런데 두 집 사이에 곤란한 일이 생겼습니다. ㉠이 참찬댁 감나무 가지가 권 판서댁으로 넘어가자 권 판서댁 하인들이 감을 마구 따 먹었습니다. ㉡가지가 담을 넘어왔으니 감은 자기네 것이라는 이유였지요.
> 이 모습을 본 이 참찬댁 도령 오성은 권 판서댁으로 갔습니다. ㉢그리고 권 판서가 있는 방문 사이로 주먹을 쑥 밀어 넣었습니다. ㉣종이를 찢고 방 안으로 넘어간 이 주먹의 주인이 권 판서가 아니라 오성이라는 것을 알리기 위해서였지요.

(1) 한 일: (   ) (2) 그 까닭: (   )

유형 2 인물이 한 일에 대한 까닭 알기

주어진 인물의 행동을 확인하고 그렇게 행동한 까닭을 찾습니다.

2 링컨이 ㉠과 같은 행동을 한 까닭은 무엇입니까? (   )

국어

> ㉠링컨은 세차게 부는 겨울바람 때문에 얼굴이 얼어붙는 것 같았지만 열심히 걸어서 친구 집에 갔습니다. 책을 빌리기 위해서입니다. 가난한 링컨은 책을 사서 볼 돈이 없었습니다. 그래서 늘 친구에게 책을 빌려 읽으면서 공부를 했습니다. 오랫동안 두고 봐야 하는 책은 직접 손으로 베껴 적었습니다. 책을 베껴 적는 일로 몇 날 밤을 새기도 했습니다. 이렇게 열심히 공부한 덕분에 링컨은 변호사가 되었습니다.

① 친구와 함께 공부하려고
② 친구에게 새 책을 선물하려고
③ 친구에게 책을 빌려 공부하려고
④ 사람을 구하는 변호사가 되려고
⑤ 친구네 집에 가기로 한 약속을 지키려고

3 호랑이의 마음을 알맞게 말한 친구에 ○표 하세요.

유형 3 인물의 마음 짐작하기

인물이 한 일과 그 까닭을 찾아 인물의 마음을 파악합니다.
호롱불 석유를 담은 사기그릇에 켠 불.

산속에 사는 호랑이가 먹이를 찾아 마을로 내려왔습니다. 배고픈 호랑이는 호롱불이 켜진 초가집 마당으로 들어갔습니다. 그런데 그때 요란한 아기 울음소리가 들려왔습니다.

"어이쿠, 놀래라!"

호랑이는 아기 울음소리에 놀라 걸음을 멈췄습니다. 방 안에서는 엄마가 우는 아기를 안고 달래고 있었습니다.

"아가야, 어서 울음을 그치렴. 이렇게 울면 무서운 호랑이가 잡아먹으러 온단다."

하지만 아기는 울음을 그치지 않았습니다.

"호랑이가 얼마나 무서운데 이렇게 계속 우는 거야?"

엄마가 계속 달랬지만 아기의 울음은 그칠 줄 몰랐습니다.

"안되겠구나. 여기 곶감 있다, 곶감."

엄마가 곶감 이야기를 하자 아기는 바로 울음을 그쳤습니다.

'곶감이 뭐길래 금세 울음을 그치는 거지? 분명 나보다 엄청 무서운 놈일 거야.'

호랑이는 급하게 초가집 마당을 빠져나와 산으로 도망갔습니다.

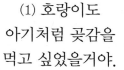

(1) 호랑이도 아기처럼 곶감을 먹고 싶었을거야.

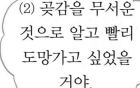

(2) 곶감을 무서운 것으로 알고 빨리 도망가고 싶었을 거야.

(3) 곶감이 얼마나 힘이 센지 한번 겨루어 보고 싶었을 거야.

●글의 종류 이야기(동화)

●글의 특징 이 글은 양치기 소년이 마을 사람들에게 여러 번 거짓말을 해서 진짜 늑대가 나타났을 때 아무도 도우러 오지 않았다는 이야기입니다.

●낱말 풀이
농기구 농사를 지을 때 쓰이는 도구.
막상 어떤 일에 실지로 이르러서.
다급한 일이 바싹 닥쳐서 매우 급한.

지문 ★ ★ ★

낱말 ★ ★ ★

ㄱ"늑대가 나타났다!"

양치기 소년의 외침이 울려 퍼지자 마을 사람들은 늑대를 쫓기 위해 몽둥이와 낫, 괭이, 삽 같은 농기구를 손에 들고 산으로 달려갔어요. 하지만 막상 산에 가 보니 늑대는 한 마리도 보이지 않았어요. 마을 사람들은 어찌 된 일인지 어리둥절했지요.

ㄴ"방금 늑대들이 다 가 버렸어요."

양치기 소년은 웃으면서 마을 사람들에게 이렇게 말했어요. 놀랐던 사람들은 양치기 소년의 말만 믿고 다시 마을로 내려갔어요. 그리고 얼마 후 다시 양치기 소년의 다급한 외침이 들려왔어요.

ㄷ"늑대가 나타났다. 늑대!"

마을 사람들은 양들을 지키기 위해 다시 있는 힘껏 산으로 달려갔어요. 그런데 이번에도 늑대는 한 마리도 보이지 않았어요.

ㄹ"큭큭, 늑대가 또 방금 달아났어요."

달려온 마을 사람들을 보며 양치기 소년은 재미있다는 듯이 웃으며 말했어요. 혼자 양을 돌보면서 심심했던 소년이 거짓말을 했던 거예요. 이 사실을 알게 된 마을 사람들은 화를 참으며 산을 내려갔어요.

ㅁ"늑대, 늑대가 나타났어요. 도와주세요!"

산에서 다시 양치기 소년의 다급한 목소리가 들려왔어요. 이번에는 진짜 늑대가 나타나 양들을 공격했어요. ㉮하지만 마을 사람들은 아무도 도와주러 가지 않았답니다.

늑대가 나타났다!

66

1 양치기 소년이 한 말 ㉠~㉤ 중 거짓말이 <u>아닌</u> 것의 기호를 쓰세요.

이해

(   )

2 양치기 소년이 마을 사람들에게 거짓말을 한 까닭은 무엇입니까?

이해

(   )

① 늑대에게서 양을 지키려고
② 혼자 양을 돌보다 심심해져서
③ 마을 사람들을 즐겁게 해 주려고
④ 게으른 마을 사람들을 혼내 주려고
⑤ 양을 돌보는 일이 힘들다는 것을 알리려고

3 보기 에서 '양치기'처럼 직업을 나타내는 낱말을 <u>두 가지</u> 골라 쓰세요.

어휘

보기

개구쟁이   대장장이   욕심꾸러기   구두장이

(   )

4 마을 사람들이 ㉮처럼 행동한 까닭에 ○표 하세요.

추론

(1) 마을 사람들이 양치기 소년을 무시했다.   (   )
(2) 양치기 소년이 또 거짓말을 했다고 생각했다.   (   )
(3) 마을 사람들이 농사일로 바빠서 가지 못했다.   (   )

5 이 글이 주는 교훈은 무엇입니까? (   )

추론

① 고운 말을 쓰자.   ② 어려운 이웃을 돕자.
③ 거짓말을 하지 말자.   ④ 깨끗한 환경을 가꾸자.
⑤ 친구들과 사이좋게 지내자.

글을 읽고 주요 내용 확인하기

★ 스무고개를 하는 친구들의 말을 듣고 무엇을 설명하는지 빈칸에 들어갈 낱말을 쓰세요.

이것은 ☐☐ 이다.

주제 탐구

　잘 모르는 물건이나 새로 알게 된 물건을 설명하는 글을 읽을 때는 제목을 보고 어떤 내용인지 짐작합니다. 그리고 무엇을 설명하고 있는지 확인합니다. 또, 글쓴이가 설명하려는 까닭은 무엇인지, 설명하는 물건의 특징은 무엇인지 생각하면서 글을 읽습니다.

유형 1 제목에서 글의 내용 예측하기

글을 본격적으로 읽기 전 제목을 살펴 글쓴이가 설명하는 글의 주요 내용이 무엇일지 예측합니다.

1 이 글의 제목에서 짐작할 수 있는 것을 골라 ○표 하세요.

국어

모자를 찾습니다!

4월 15일, 운동장에서 잃어버린 모자를 찾습니다.

모자의 색깔은 빨간색이고, 크기는 초등학생이 쓰기에 알맞을 정도로 작습니다. 모자의 앞부분에는 귀여운 파란색 곰이 그려져 있습니다. 그리고 모자 안쪽에는 '이종욱'이라는 이름이 볼펜으로 쓰여 있습니다.

(1) 모자를 쓰면 좋은 점을 알리려고 한다.   (   )

(2) 모자를 쓸 때 주의할 점을 알리려고 한다.   (   )

(3) 잃어버린 모자의 생김새와 특징을 알리려고 한다.   (   )

유형 2 설명하는 대상 찾기

글에서 무엇을 설명하고 있는지 설명하는 대상을 찾는 문제입니다.

자극 보거나 듣거나 먹는 일 등 우리 몸에 작용하여 반응을 일으키게 하는 일.
세균 다른 생물의 몸에서 살며 병을 일으키기도 하고 발효나 썩는 작용을 하는 생물체.

2 이 글에서 설명하고 있는 것은 무엇입니까? (   )

바슬즐

우리 몸은 세포로 이루어져 있습니다. 세포는 눈에 보이지 않을 정도로 아주 작습니다. 그래서 우리 몸을 이루는 세포는 60~100조 개 정도로 많습니다. 이 세포는 평생 그대로 있는 것이 아니라, 일정한 시간이 지나면 죽고 새롭게 생겨납니다.

세포는 하는 일에 따라 모양도 다양합니다. 길쭉한 모양의 세포는 서로 연결되어 있어 우리 몸이 받는 자극을 뇌에 전해 줍니다. 또 동그란 모양의 세포는 우리 몸에 영양분을 전달하고, 몸속에 들어온 나쁜 세균을 없애는 일을 합니다.

① 우리 몸   ② 세포의 모양

③ 우리 몸을 이루는 세포   ④ 우리 몸속의 나쁜 세균

⑤ 우리 몸에 필요한 영양분

3 이 글의 내용으로 알맞지 <u>않은</u> 것은 무엇입니까? (　　　)

유형 3 세부 정보 확인하기

글에서 설명하는 도서관 이용 방법의 주요 내용을 찾아 확인합니다.

바슬즐

　　우리 동네에는 작고 예쁜 도서관이 있습니다. 아이들이 좋아하는 동화책이나 만화책부터 어른들이 읽을 만한 흥미진진한 소설책과 역사책, 정보 책과 신문까지 있습니다.

　　도서관에 온 사람들은 읽고 싶은 책을 자유롭게 골라 넓은 책상에 앉아 읽습니다. 컴퓨터를 켜고 공부하거나 전자 도서관에서 자료를 보는 사람들도 있습니다.

　　이렇게 도서관은 여러 사람이 함께 이용하는 공간이어서 떠들거나 뛰어다니면서 소란스럽게 하면 안 됩니다. 다른 사람이 책을 읽거나 공부하는 데 방해가 되기 때문입니다.

　　그리고 조용한 곳에서는 작은 소리도 크게 들릴 수 있으므로, 발소리나 의자 끄는 소리도 조심해야 합니다.

　　간혹 도서관에서 군것질을 하는 사람도 있는데, 도서관에서는 군것질을 하면 안 됩니다. 다른 사람이 음식 냄새를 불쾌하게 여길 수 있기 때문입니다.

　　도서관에서 읽던 책을 집에서도 읽고 싶다면 정해진 규칙에 따라 책을 빌려 갈 수 있습니다. 빌려 간 책은 깨끗이 읽고, 약속한 날짜에 다시 돌려주어야 합니다.

전자 도서관 사용하는 사람이 컴퓨터를 이용해 도서관 안에 있는 자료를 볼 수 있도록 만든 시스템.
소란스럽게 시끄럽고 어수선한 데가 있게.
방해 남의 일을 간섭하고 막아 해를 끼침.

① 도서관에서 뛰어다니면 안 된다.

② 도서관에서 군것질을 해서는 안 된다.

③ 도서관에서 시끄럽게 떠들면 안 된다.

④ 도서관에서 읽던 책은 빌려 갈 수 없다.

⑤ 도서관에서 발소리가 들리지 않게 조심해서 걸어야 한다.

지문 ★ ★ ☆

낱말 ★ ★ ☆

㉠

아주 먼 옛날에도 그림이 있었을까요? 그림은 어떻게 탄생했을까요? 그림은 아주 먼 옛날부터 있었어요. 원시인들은 자신이 살던 동굴 벽에 들소, 멧돼지, 산양 같은 짐승을 그려 놓았어요. 원시인들의 그림은 지금 보아도 생생한 모습을 담고 있어 놀랍지요. 그럼 원시인들은 왜 이런 그림을 그렸을까요?

동굴에 살던 원시인들에게 짐승을 잡는 사냥은 매우 중요한 일이었어요. 사냥을 해야 먹을 것을 구할 수 있었으니까요. 그래서 자신이 잡고 싶은 짐승의 모습을 그림으로 그린 거예요. 원시인들은 벽에 짐승의 모습을 그리고 실제로 잡는 것처럼 창으로 찌르기도 했어요. 실제로도 이렇게 창을 던져 사냥에 성공하게 해 달라고 빌면서 말이에요.

원시인들이 그림을 그린 또 다른 이유는 재미를 위해서라고 추측하고 있어요. 동굴에서 심심하게 시간을 보내던 원시인들이 재미 삼아 그림을 그린 것이지요. 우리도 심심할 때 그림을 그릴 때가 있잖아요. 원시인들도 비슷했을 거라고 여기는 것이지요.

원시인들이 살던 때는 아주 먼 옛날이라 어느 것도 확실하다고 말할 수는 없어요. 하지만 원시인들의 그림 앞에는 제사를 지낸 흔적도 남아 있다니 그림의 탄생이 사냥의 성공을 비는 간절한 소망에서 시작되었다고 짐작할 수 있답니다.

● 글의 종류 설명하는 글(설명문)

● 글의 특징 이 글은 원시인들이 동굴 벽화를 그린 까닭을 살펴 그림이 맨 처음 어떻게 생겨나게 되었는지 설명한 글입니다.

● 중심 내용
1문단 원시인들은 자신이 살던 동굴 벽에 짐승의 그림을 그렸음.
2문단 원시인들은 사냥의 성공을 빌기 위해 자신들이 잡고 싶은 동물의 그림을 그렸을 것임.
3문단 심심한 시간을 보내던 원시인이 재미 삼아 그림을 그렸을 것임.
4문단 그림의 탄생은 사냥의 성공을 비는 간절한 소망에서 시작되었다고 짐작함.

● 낱말 풀이
원시인 현재의 인류 이전에 살던 옛날의 인류.
추측하고 미루어 생각하여 헤아리고.
제사 신령이나 죽은 사람의 넋에게 음식을 바치어 정성을 나타냄. 또는 그런 의식.
흔적 어떤 현상이나 물체가 없어졌거나 지나간 뒤에 남은 자국이나 자취.
소망 어떤 일을 바람. 또는 그 바라는 것.

1 이 글의 내용으로 알맞지 <u>않은</u> 것은 무엇입니까? (　　　)

이해

① 원시인들은 동굴에서 살았다.

② 원시인들은 사냥할 때 창을 사용했다.

③ 원시인들은 동굴 벽에 그림을 그렸다.

④ 원시인들에게 사냥은 중요한 일이었다.

⑤ 원시인들은 동굴 벽에 멧돼지만 그렸다.

2 ㉠에 들어갈 제목으로 알맞은 것에 ○표 하세요.

이해

(1) 그림의 탄생　(　　　)　　　　(2) 원시인의 놀이　(　　　)

(3) 사냥하는 방법 (　　　)　　　　(4) 그림 그리는 사람 (　　　)

3 원시인들이 동굴 벽에 동물 그림을 그린 까닭을 <u>두 가지</u> 고르세요.

(　　　　　)

이해

① 심심할 때 재미를 삼으려고

② 자유로운 동물이 되고 싶어서

③ 자신이 사는 동굴 벽을 꾸미려고

④ 사냥에 성공하게 해 달라고 빌려고

⑤ 그림을 그려 다른 사람에게 자랑하려고

4 ㉮~㉰ 중 원시인들이 그린 그림의 기호를 쓰세요. (　　　　　)

문제해결

㉮　㉯　㉰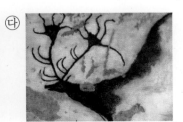

문장의 짜임 알기

 우리말의 문장은 '누가' 또는 '무엇이'에 해당하는 부분과 '어찌하다', '어떠하다', '무엇이다'에 해당하는 부분으로 이루어져 있어요. '누가/무엇이'와 '어찌하다/어떠하다/무엇이다'의 앞에는 '꾸며 주는 말'이 들어가기도 해요. 꾸며 주는 말은 뒤에 오는 말을 꾸며 주어 그 뜻을 자세하게 해 주는 말이에요.

• 누가/무엇이 + 어찌하다 [예] 아버지가 주무신다.

• 누가/무엇이 + 어떠하다 [예] 참외는 노랗다.

• 누가/무엇이 + 무엇이다 [예] 준호는 2학년이다.

• 꾸며 주는 말 + 누가/무엇이 + 어찌하다 [예] 새파란 싹이 돋았다.

• 누가/무엇이 + 꾸며 주는 말 + 어찌하다 [예] 토끼가 깡충깡충 뛰어간다.

1 빈칸에 알맞은 말을 써서 그림에 어울리는 문장을 만드세요.

(1)　　　(2)　　　(3)

(　　　　　) 웃는다.　　　하늘이 (　　　　　).　　　개미가 (　　　　　).

2 빈칸에 들어갈 꾸며 주는 말을 [보기]에서 골라 쓰세요.

보기

| 쿨쿨 | 졸졸 | 활짝 | 으쓱으쓱 | 시원한 | 단단한 |

(1) 꽃이 (　　　　　) 피었다.　　　(2) 냇물이 (　　　　　) 흐른다.

(3) (　　　　　) 바람이 불었다.　　　(4) (　　　　　) 호두가 떨어졌다.

이번 주 나의 독해력은?	이번 주 학습을 모두 끝마쳤나요?	☺ ☺ ☹
	일이 일어난 차례대로 이야기를 정리할 수 있나요?	☺ ☺ ☹
	글을 읽고 주요 내용을 확인할 수 있나요?	☺ ☺ ☹

PART2

추론 독해

글에 숨겨진 정보를 짐작해 보고 생략된 내용이나 숨겨진 주제,
글을 쓴 목적을 찾아보며 읽어요.
그리고 글에 드러난 관점이나 글쓴이의 주장과 근거,
표현 방법 등을 비판하며 읽는 방법도 배워요.

contents

이야기에서 인물의 모습 떠올리기

★ 혹부리 영감의 말을 듣고, 둘 중 혹부리 영감의 생김새로 알맞은 것을 골라 ○표 하세요.

안녕? 나는 혹부리 영감이란다. 사람들은 내 특별한 모습 때문에 나를 기억하지. 난 머리에 작은 망건을 쓰고 있어. 코 위에는 커다란 점이 있고, 귀 밑으로 혹이 달려 있지. 그리고 하늘색 저고리에 분홍색 바지를 입었어. 내가 직접 만든 짚신도 신고 있지.

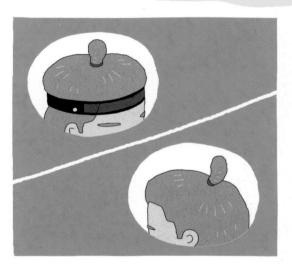

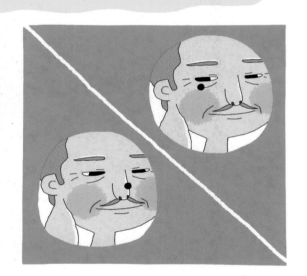

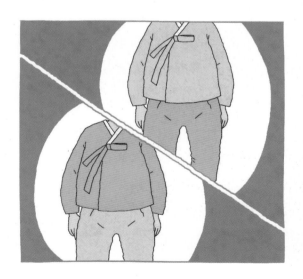

★ 장터에서 혹부리 영감을 찾아 ○표 하세요.

내 말만 듣고도 내 모습을 잘 찾아냈구나.
그럼 장터에 숨어 있는 나도 찾아봐.
난 꼭꼭 숨어 있을 테니!

주제 탐구

　이야기를 읽으면 인물의 모습이나 행동을 표현한 부분을 만날 수 있습니다. 이와 같은 부분을 읽을 때에는 인물의 생김새나 행동이 어떤지 머릿속으로 떠올려 보면서 읽어야 합니다. 인물의 생김새나 행동을 떠올리며 글을 읽으면 인물의 마음을 상상할 수 있습니다.

1 전학 온 소년의 모습을 상상한 그림의 기호를 쓰세요. (   )

국어

> 지난 가을에 우리 반에 새로 전학해 온 아이가 있었습니다. 경기도 용인이란 데서 이사를 온 모양인데, 눈이 유달리 크고 얼굴이 검은, 꼭 시골 아이의 티가 그대로 밴 소년이었습니다.
> 　선생님께서 처음 소개를 하실 때,
> "너희들 새 동무 하나가 생겼으니 정답게 지내도록 해라. 이름은 신재식이다."
> 하시며 검은 얼굴의 소년을 내세워 인사를 시키시었습니다.
>
> 이원수, 「밤골로 가는 길」

㉮ 　㉯ 　㉰

2 이 글을 읽고 떠올릴 수 있는 장면은 무엇입니까? (   )

국어

> 그러던 어느 날이었어요. 정원의 주인인 거인이 돌아왔어요. 오랜만에 집에 돌아온 거인은 화가 났어요. 아이들이 허락도 받지 않고 자기 정원에서 제멋대로 놀고 있었으니까요.
> "너희들, 여기서 뭘 하는 거냐?"
> 거인이 무섭게 소리 지르자 아이들은 모두 도망쳐 버렸어요.
> "여기는 내 정원이야. 이제부터는 아무도 못 들어와!"
>
> 오스카 와일드, 「욕심쟁이 거인」

① 거인이 정원에서 숨는 장면
② 거인이 아이들에게 화내는 장면
③ 거인이 정원에서 도망치는 장면
④ 거인이 아이들과 함께 노는 장면
⑤ 거인이 아이들을 용서해 주는 장면

3 이 글에서 까치의 행동을 몸짓으로 알맞게 나타낸 친구에 ○표 하세요.

유형 **3** 인물의 행동을 몸짓으로 표현하기

글에 나타난 인물의 행동을 떠올려 몸짓으로 표현한 것을 찾습니다.

진드근하니까 태도와 행동이 매우 침착하고 참을성이 많으니까.
경정경정 긴 다리를 모아 자꾸 거볍게 내뛰는 모양.
대강 자세하지 않게 기본적인 부분만 들어 보이는 정도로.

할머니는 어린아이를 껴안고 기뻐하면서,
"우리 복덩이 잘도 잔다. 오오! 까치야, 올빼미야, 기특하다. 너희가 아니었다면, 큰일 날 뻔하였구나! 내가 내일 좋은 옷을 지어 줄 것이니, 오늘은 편히들 자거라."
하였습니다.
이튿날이 되어서 약속대로 할머니는 옷을 만들되, 올빼미에게는 얼룩덜룩하게 무늬 놓은 옷을 해 주고, 까치에게는 하얀 비단옷을 해 주었습니다.
그런데 올빼미는 진드근하니까, 옷도 얼른 몸에 맞도록 잘되어서 먼저 입었지만, 까치는 하얀 비단옷 입는 게 좋아서 자꾸 경정경정 뛰어 돌아다녔습니다.
할머니가 옷을 대강 만들어서 맞는지 안 맞는지 보려고, 한 번 입혀 보았습니다.
"이애야, 좀 진드근하게 있거라. 어디 맞나 안 맞나 보자."
하여도, 까치는 옷을 입더니 그만 너무 기뻐서 자꾸 경정경정 뛰어 돌아다녔습니다. 너무 그러니까, 할머니도 성이 났습니다.

방정환, 「까치의 옷」

(1)

(2)

(3)

●글의 종류 이야기(동화)

●글의 특징 이 글은 닐스가 요정의 마법에 걸려 몸이 작아진 다음 겪는 모험을 그린 『닐스의 신기한 여행』의 일부입니다. 주어진 글은 닐스가 못된 장난을 치다가 요정의 마법으로 몸이 작아진 장면입니다.

●낱말 풀이
발동한 움직이거나 작용하기 시작한.
다급한 일이 바싹 닥쳐서 매우 급한.
수군대는 남이 알아듣지 못하도록 낮은 목소리로 자꾸 가만가만 이야기하는.

"뭐 재미있는 거 없나?"

닐스는 놀잇거리를 찾아 주위를 두리번거렸습니다. 그때 방 안에 있던 나무 상자 안에서 작은 요정을 보게 되었습니다. 장난기가 발동한 닐스는 잠자리채로 재빨리 요정을 잡았습니다. 그리고 잠자리채를 휘휘 마구 돌렸습니다.

"제발, 그만해!"

요정이 다급한 목소리로 소리쳤습니다. 하지만 닐스는 장난을 멈추지 않았습니다.

"하하, 이거 정말 재미있는걸."

그런데 잠자리채를 돌리던 닐스가 갑자기 정신을 잃고 말았습니다. 잠시 후 정신을 차린 닐스는 주위를 둘러보고 깜짝 놀랐습니다.

"어? 의자가 내 키보다 크네. 이게 어찌 된 일이지?"

닐스는 곧 자신의 몸이 아주 작아졌다는 것을 알게 되었습니다. 닐스의 장난에 화가 난 요정이 닐스에게 마법을 걸었던 것입니다.

닐스는 울면서 밖으로 나왔습니다.

"요정을 찾아서 원래 모습으로 돌아가야 해."

하지만 요정은 어디에도 보이지 않았습니다. 닐스 앞에는 커다란 동물들만이 있었습니다.

"꽥꽥! 닐스 좀 봐. 우리보다 더 작아."

"음매! 정말 그러네. 우리를 괴롭히더니 벌을 받았나 봐."

닐스의 귀에 동물들이 수군대는 소리가 들려왔습니다.

셀마 라겔뢰프, 『닐스의 신기한 여행』

1 닐스가 나무 상자 안에서 본 것은 무엇입니까? (   )

① 요정   ② 오리   ③ 염소
④ 잠자리채   ⑤ 몸집이 큰 동물

2 닐스가 정신을 잃은 후에 벌어진 일은 무엇입니까? (   )

① 요정이 되었다.   ② 닐스의 몸이 커졌다.
③ 닐스가 동물로 변했다.   ④ 닐스의 몸이 작아졌다.
⑤ 닐스의 몸이 의자가 되었다.

3 이 글에서 떠올릴 수 있는 닐스의 모습이 <u>아닌</u> 것에 ○표 하세요.

(1)  (2)  (3)

4 ㉮~㉰ 중 동물들의 말에서 알 수 있는 내용을 골라 기호를 쓰세요.

㉮ 닐스는 집에서 기르는 동물들을 괴롭혔다.
㉯ 닐스는 집에서 기르는 동물보다 몸집이 커졌다.
㉰ 닐스는 집에서 기르는 동물들을 잘 돌보아 주었다.

(   )

12 인물의 마음을 생각하며 글 읽기

3주

★ 「은혜 갚은 생쥐」 이야기 속 생쥐와 사자의 마음에 알맞은 길을 따라가 보세요.

출발 →

길을 가던 생쥐가 실수로 자고 있던 사자의 꼬리를 밟았어요. 그 바람에 사자가 잠에서 깼지요. 무서운 사자와 눈이 마주친 생쥐의 마음은 어땠을까요?

두려운 마음

재미있는 마음

사자는 한 번만 용서해 달라고 비는 생쥐를 살려 주었어요. 이때 생쥐는 어떤 마음이었을까요?

고마운 마음

신나는 마음

서운한 마음

생쥐를 살려 준 사자가 길을 가다가 사냥꾼의 그물에 걸렸어요. 사자는 그물에서 빠져나오려고 몸부림쳤지만 소용없었지요. 이때 사자의 마음은 어떠했을까요?

사자는 생쥐에게 고맙다고 했고, 생쥐는 자신을 살려 준 은혜를 갚은 것이라고 했어요. 이때 생쥐는 어떤 마음이 들었을까요?

괘씸한 마음

슬픈 마음

고마운 마음

뿌듯한 마음

그물에 걸린 사자를 우연히 보게 된 생쥐는 이빨로 그물을 끊어 주었어요. 이때 사자는 어떤 마음이었을까요?

답답한 마음

도착

주제 탐구

　이야기를 읽을 때 이야기에서 어떤 일이 일어났는지 살펴보면 그 상황에서 인물의 마음이 어땠는지 짐작할 수 있습니다. 이런 이야기의 상황뿐 아니라 인물의 말이나 행동에서 그 까닭을 곰곰이 살펴보면 인물의 마음을 짐작할 수 있습니다.

85

1 당나귀의 마음으로 알맞은 것을 보기 에서 골라 기호를 쓰세요.

국어

> 목동이 언덕에서 피리를 불었습니다.
> "피리 소리가 참 맑고 우아해."
> "맞아, 어쩌면 저리 고운 소리가 날까?"
> "난 저 소리를 들으면 마음이 평화로워져."
> 동물들은 피리 소리가 좋다며 목동을 칭찬했습니다. 그러나 그런 말을 들을 때면 당나귀는 괜스레 심통이 났습니다.
> "쳇, 뭐가 좋다는 거야? 차라리 내 목소리가 낫겠다."

보기

㉮ 미안한 마음   ㉯ 못마땅한 마음   ㉰ 뿌듯한 마음

(　　　)

2 세라의 착한 마음을 보여 주는 행동은 무엇입니까? (　　　)

국어

> 추운 겨울날, 세라는 민친 선생님의 심부름을 다녀오는 길에 빵집 앞에서 떨어진 동전을 주웠습니다.
> "아주머니, 혹시 동전을 잃어버리셨어요?"
> 세라는 동전을 들고 빵집으로 들어가 물었어요. 빵집 아주머니는 고개를 가로저으며 말했어요.
> "동전의 주인을 찾기는 어려울 거야. 그냥 네가 가지렴."
> 배가 고팠던 세라는 그 돈으로 빵을 여섯 개 샀어요. 그리고 빵집에서 나와 근처에 있던 가난한 소녀에게 빵 다섯 개를 나누어 주었어요.
>
> 프랜시스 버넷, 『소공녀』

① 동전을 주운 것
② 추운 겨울날 외출한 것
③ 주운 동전으로 빵을 산 것
④ 동전의 주인을 찾지 않은 것
⑤ 가난한 소녀에게 빵을 나누어 준 것

3 ㉠에 나타난 성냥팔이 소녀의 마음을 <u>잘못</u> 짐작한 친구에 ○표
국어 하세요.

유형 3 인물이 한 말에서 마음 짐작하기

글에서 이야기의 상황을 파악하고 인물이 한 말에 드러난 인물의 마음을 찾는 문제입니다.

축축하게 물기가 있어 젖은 듯하게.
꾸러미 꾸리어 싼 물건.

소녀는 눈보라 속을 맨발로 걸어갔습니다. 모자도 쓰지 않아 눈을 맞은 머리카락은 축축하게 젖었습니다. 맨발은 차갑게 얼어 발가락이 끊어져 나갈 듯이 아팠습니다. 배가 고픈데다 차가운 바람을 맞으면서 계속 눈 위를 걸었기 때문에 소녀의 몸은 덜덜 떨렸습니다. 이제는 몸 전체가 얼어붙은 것 같았습니다. 하지만 소녀는 계속 걸었습니다.

시내로 들어서자 거리는 밝은 불빛으로 빛났습니다. 오늘은 12월의 마지막 날입니다. 사람들은 한 해의 마지막 날을 기념하기 위해 손에 선물 꾸러미를 들고 집으로 향했습니다. 소녀는 불빛을 따라 걸어갔습니다.

그리고 어느 집 창가에 다다랐습니다. 집 안에서는 맛있는 음식 냄새가 풍겨 왔습니다. 창문 너머로는 행복하게 웃는 가족의 모습이 보였습니다. 식탁에 둘러앉은 가족은 맛있는 음식을 나누며 이야기꽃을 피우고 있었습니다. 그리고 부모님은 아이들에게 예쁜 선물을 하나씩 주었습니다. 선물을 받은 아이들은 기뻐하며 웃었습니다.

㉠"나도 어머니가 살아 계셨으면 선물을 받았을 텐데……."

한스 크리스티안 안데르센, 「성냥팔이 소녀」

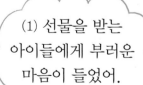

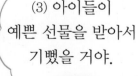

(1) 선물을 받는 아이들에게 부러운 마음이 들었어.

(2) 어머니가 돌아가셔서 슬픈 마음이 들었어.

(3) 아이들이 예쁜 선물을 받아서 기뻤을 거야.

●글의 종류 이야기(동화)

●글의 특징 이 글은 아버지와 둘이 살던 콩쥐가 새어머니와 팥쥐가 들어오면서 구박을 받다가 고생 끝에 원님과 결혼하는 옛이야기 「콩쥐팥쥐」의 일부입니다. 주어진 글은 새어머니가 콩쥐에게 시킨 일을 검은 소가 나타나 도와주는 장면입니다.

●낱말 풀이
호미 땅을 고르거나 감자, 고구마, 잡초 등을 캘 때 쓰이는 농기구.
매라고 논밭에 난 잡풀을 뽑으라고.

지문 ★ ☆ ☆

낱말 ★ ★ ☆

새어머니는 콩쥐에게 나무 호미를 주며 산비탈에 있는 밭을 매라고 했습니다. 산비탈은 작은 돌로 가득했습니다.

㉠'나무 호미로 돌밭을 맬 수 있을까?'

콩쥐는 걱정이 되었지만 새어머니가 시키신 일이니 열심히 해 보려고 하였습니다. 하지만 얼마 못 가 나무 호미가 돌멩이에 걸려 탁 하고 부러지고 말았습니다.

㉡"아이고, 이를 어째. 이제 밭을 어떻게 매나?"

콩쥐는 부러진 나무 호미를 보자 속상한 마음에 눈물이 왈칵 쏟아졌습니다.

그때 하늘에서 검은 소가 스르르 내려와 말했습니다.

"아가씨, 왜 그리 우세요?"

콩쥐는 새어머니가 시키신 일을 못하게 되어 운다고 말했습니다. 그러자 검은 소가 다정하게 말했습니다.

"제가 맬 테니 어서 냇가에 가서 얼굴을 씻고 오세요."

콩쥐는 검은 소가 시키는 대로 냇가에서 눈물을 씻고 돌아왔습니다.

"이게 어찌 된 일이지?"

냇가에서 돌아온 콩쥐는 말끔하게 정리된 돌밭을 보고 놀랐습니다. 콩쥐 대신 밭일을 모두 해 놓은 검은 소는 콩쥐에게 튼튼한 쇠 호미 한 자루와 이름 모를 과일들을 주고 순식간에 사라져 버렸습니다.

㉢'검은 소야, 정말 고맙구나!'

콩쥐는 마음속으로 검은 소에게 인사를 했답니다.

1 새어머니가 콩쥐에게 시킨 일은 무엇입니까? (   )

이해

① 냇가에서 세수를 하는 일
② 산비탈에 있는 밭을 매는 일
③ 검은 소에게 과일을 얻는 일
④ 나무 호미를 쇠 호미로 바꾸는 일
⑤ 검은 소에게 밭을 갈라고 말하는 일

3주 2일
학습 끝!

붙임 딱지 붙여요.

2 이 글에서 콩쥐를 도와준 인물은 누구인지 찾아 쓰세요.

이해

(   )

3 ㉠～㉢에서 짐작할 수 있는 콩쥐의 마음을 선으로 이으세요.

추론

(1) ㉠ •   • ① 속상한 마음

(2) ㉡ •   • ② 고마운 마음

(3) ㉢ •   • ③ 걱정하는 마음

4 이 글에서 '검은 소'와 비슷한 역할을 하는 인물을 찾아 쓰세요.

문제해결

옛날 가난하고 병에 걸린 농부가 살고 있었습니다. 농부는 하루하루가 너무 힘이 들어 산에 가서 빌었습니다.
"제발 저의 병을 고쳐 주세요. 그러면 열심히 일해서 은혜를 갚겠습니다."
그러자 농부를 딱하게 여긴 산신령이 소원을 들어주었습니다.

(   )

13 인물과 비슷한 마음을 느꼈던 경험 떠올리기

3주

★ 거북이와 벌인 달리기 경주에서 진 토끼의 마음에 가장 어울리는 낱말 카드를 찾아 ○표 하세요.

아프다

무섭다

신나다

후회하다

놀라다

부끄럽다

화난다

서운하다

기쁘다

슬프다

90

★ 이야기 속 토끼와 비슷한 경험을 한 친구를 골라 선으로 이으세요.

하필 그때 낮잠을 잘 게 뭐람. 낮잠만 아니었어도 거북이에게 질 리 없는데……

영재야, 생일 축하해!

밖에 나가서 공놀이를 할걸. 다시는 집 안에서 하지 말아야지.

할머니, 늘 저를 돌봐 주셔서 감사해요.

주제 탐구

　　이야기를 이해하는 좋은 방법 중 하나는 이야기 속 인물의 마음을 느껴 보는 것입니다. 인물의 마음과 비슷한 마음을 느꼈던 경험을 떠올리면 이야기 속 인물의 마음을 쉽게 이해할 수 있습니다. 슬픈 마음일 때는 슬펐던 경험, 기쁜 마음일 때는 기뻤던 경험을 떠올려 봅니다.

이야기를 읽고 인물의 생각에 드러난 인물의 마음을 찾는 문제입니다.

1 국어 '마야'의 마음으로 알맞은 것은 무엇입니까? (　　　　)

드디어 마야는 다른 꿀벌들과 함께 처음으로 세상 나들이를 나왔습니다. 태어나서 처음 본 세상의 모습은 정말 아름답고 놀라웠습니다.

'나는 꿀만 나르며 살지는 않을 거야. 더 넓은 세상을 구경하며 살겠어. 그러면 위험할 거라고 말하겠지만 두렵지 않아. 나한테는 힘과 침이 있고, 강한 용기가 있으니까.'

마야는 무리에서 벗어나 멀리멀리 날아갔습니다.

발데마어 본젤스, 「꿀벌 마야의 모험」

① 슬픈 마음　　　　　　　② 아쉬운 마음
③ 서운한 마음　　　　　　④ 두려운 마음
⑤ 용기 있는 마음

인물에게 벌어진 일과 그때 인물이 느꼈던 마음을 살펴보고, 인물과 비슷한 마음을 느꼈던 경험을 찾습니다.

2 국어 '문도령'과 비슷한 마음을 느꼈던 경험에 ○표 하세요.

길을 가던 문도령이 우물가에 있는 자청비에게 말했습니다.
"아가씨, 목이 마른데 물 좀 얻어 마실 수 있겠습니까?"
자청비는 들고 있던 바가지에 물을 떠서 버드나무 잎을 띄워 주었습니다.
"아니, 이게 뭐요?"
문도령은 물에 뜬 버드나무 잎을 보고 놀라 물었습니다.
"급히 마시지 말고 천천히 드시라고 그런 것입니다."
문도령은 자청비의 친절에 감사하다는 인사를 했습니다.

(1) 받아쓰기 시험을 잘 봐서 기분이 좋았다.　　　　　　(　　　)
(2) 친구가 잃어버린 지우개를 찾아 주어 고마웠다.　　　(　　　)
(3) 아빠께서 놀이공원에 가기로 한 약속을 잊으셔서 속상했다.
　　　　　　　　　　　　　　　　　　　　　　　　　　(　　　)

3 두 인물의 마음과 비슷한 경험을 선으로 이으세요.

유형 **3** 인물들의 마음과 비슷한 경험 파악하기

이야기에 등장하는 여러 인물들에게 있었던 일과 그때의 마음을 파악하여 두 인물과 비슷한 경험을 찾습니다.

국어

　가난한 나무꾼의 도끼가 연못에 빠졌어요. 하나밖에 없는 도끼를 잃어버린 나무꾼은 연못을 바라보며 눈물을 흘렸어요.
　그런데 그때 물속에서 신령님이 나타났어요.
　"왜 울고 있느냐?"
　나무꾼은 도끼를 잃어버려서 울고 있다고 말했어요. 그러자 신령님은 연못에서 금도끼를 꺼내 보여 주었어요. 하지만 금도끼는 나무꾼의 것이 아니었어요. 신령님은 다시 은도끼를 보여 주었어요. 이번에도 나무꾼은 자기 것이 아니라고 솔직하게 말했지요. 신령님은 정직하고 착한 나무꾼에게 금도끼와 은도끼를 모두 주었답니다.
　이 소식을 전해 들은 욕심 많은 나뭇꾼은 산에 가서 일부러 도끼를 연못에 빠뜨렸어요. 그러자 정말 신령님이 나타났지요. 신령님은 욕심 많은 나뭇꾼에게도 금도끼를 보여 주며 잃어버린 도끼가 맞는지 물었어요. 욕심 많은 나뭇꾼은 자기 것이 맞다고 거짓말을 했지요. 화가 난 신령님은 욕심 많은 나뭇꾼을 꾸짖고 나서 금도끼를 들고 사라져 버렸답니다.

(1)

정직한 나무꾼

① 동생과 싸운다고 엄마께 꾸중을 들어 속상했다.

(2)

욕심 많은 나무꾼

② 방학 숙제를 잘해서 칭찬받아 기분이 좋았다.

지문
★
☆
☆

낱말
★
☆
☆

●글의 종류 이야기(동화)

●글의 특징 이 글은 바람과 해님이 서로 누가 힘이 센지 겨루려고 나그네의 옷을 벗기는 내기를 하는 이야기 「바람과 해님의 내기」의 일부입니다. 주어진 글은 바람과 해님이 만나 서로 힘이 세다고 말다툼하는 장면입니다.

●낱말 풀이
알은체 사람을 보고 인사하는 표정을 지음.
손사래 어떤 말이나 사실을 아니라고 하거나 남에게 조용히 하라고 할 때 손을 펴서 휘젓는 일.
인정할 확실히 그렇다고 여기고 받아들일.

하늘에 해님이 떠 있었습니다. 이리저리 여행을 하던 바람이 해님을 보고 알은체를 했습니다. 둘은 반가운 인사를 나누고 이야기를 하였습니다. 그러던 중 바람이 자신은 아주 힘이 세다며 자랑을 했습니다.

"세상에서 가장 힘이 센 것이 뭔지 알아? 바로 나야. ㉠세상에서 내가 제일 힘이 세! 내가 바람을 일으키면 벽돌로 만든 집도 한순간에 지붕이 날아가거든. 나보다 힘이 센 건 이 세상에 없어."

바람의 이야기를 들은 해님이 손사래를 치며 말했습니다.

"무슨 소리야? 내가 너보다 힘이 세! 나는 너보다 더 많은 일을 할 수 있어. 나무에 햇빛을 비추어 잎을 키우고 열매도 맺게 하지."

해님의 말에 바람은 더 큰 소리로 외쳤습니다.

"아냐, 그래도 내가 너보다 훨씬 더 힘이 세!"

그러자 해님은 절대 인정할 수 없다는 듯 더욱 큰 소리로 외쳤습니다.

㉡"말도 안 되는 소리 하지 마. 내가 당연히 너보다 더 힘이 세다니까!"

결국 해님과 바람은 누가 더 힘이 센지에 대해 말다툼을 하게 되었습니다.

1 이 글에서 해님과 바람이 말다툼한 내용은 무엇입니까? (   )

이해

① 누가 더 힘이 센가?

② 누가 더 노래를 잘하는가?

③ 누가 더 많은 일을 했는가?

④ 누가 더 먼 곳을 여행했는가?

⑤ 누가 더 재미있는 이야기를 하는가?

3주 3일
학습 끝!

붙임 딱지 붙여요.

2 바람이 ㉠처럼 말한 까닭에 ○표 하세요.

이해

(1) 바람이 큰 파도를 일으킬 수 있어서   (   )

(2) 바람이 아주 멀리까지 갈 수 있는 능력이 있어서   (   )

(3) 바람이 벽돌 집의 지붕도 날아가게 할 수 있어서   (   )

3 ㉡에 나타난 해님의 마음으로 알맞은 것은 무엇입니까? (   )

추론

① 기쁜 마음   ② 신나는 마음

③ 미안한 마음   ④ 답답한 마음

⑤ 부끄러운 마음

4 이 글 속의 인물과 비슷한 마음을 느꼈던 경험을 말한 친구의 기호를

문제해결 쓰세요. (   )

㉮ 희종: 내일 친구와 수영장에 가기로 해서 신났어.

㉯ 다미: 내가 잘못한 일인데 동생이 대신 꾸중을 들어 미안했어.

㉰ 치훈: 수학 문제가 어려웠는데 한참 동안 풀리지 않아 답답했어.

14 이야기에서 일이 일어난 차례 파악하기

★ 팻말에 쓰인 글을 읽고 이야기의 차례에 알맞은 숫자를 쓰세요.

옛날옛날에 욕심 많은 부자 형과 가난한 동생이 살고 있었어요.

1

저녁때 집에 돌아온 동생은 맷돌을 돌리면서 주문을 외웠어요. 맷돌을 돌릴 때마다 동생에게 필요했던 돈과 고기, 쌀이 나왔지요.

점심때가 되어 절에 도착한 동생은 노인의 말대로 맷돌을 주웠어요. 그러자 갑자기 그 노인이 나타나 주문을 하나 가르쳐 주었어요.

다음 날 아침, 동생이 잘살게 되었다는 소식을 들은 형님이 찾아왔어요. 그리고 맷돌을 빌려서 배를 타고 바다로 나갔지요.

점심때가 되자 형님의 배는 바다 한가운데에 도착했어요. 형님은 맷돌을 돌리면서 소금을 달라고 주문을 외웠어요. 맷돌에서 소금이 쉴 새 없이 나왔어요. 형님은 맷돌을 멈추고 싶었지만 멈추는 주문을 몰랐어요. 결국 무거워진 배가 가라앉았어요.

소금이 나오는 맷돌이 바다에 가라앉자 바닷물은 짠맛이 되고 말았어요.

7

이른 아침, 형의 심부름을 가던 동생은 한 노인을 만났어요. 동생은 배고파하는 노인에게 자기가 먹을 밥을 모두 주었어요. 그러자 노인은 절 앞에 버려진 맷돌을 주우라고 했어요.

주제 탐구

이야기의 내용을 잘 이해하려면 이야기에서 일이 일어난 차례를 잘 알아야 합니다. 일이 일어난 차례는 일의 순서를 알 수 있는 시간을 나타내는 말을 찾거나, 처음 일어난 일과 나중 일어난 일이 무엇인지 정리하면서 파악할 수 있습니다.

유형 1 시간을 나타내는 말 파악하기

글에서 일의 차례를 알려 주는 '아침, 점심, 저녁' 등 시간을 나타내는 말을 찾습니다.

1 이 글에서 일의 차례를 알 수 있는 말은 무엇입니까? (   )

국어

> 이른 아침, 비단 장수는 비단을 들고 길을 나섰습니다. 한참을 걷고 또 걸었더니 어느새 산을 하나 넘었습니다.
> "아이고, 힘들다. 좀 쉬어야겠군."
> 비단 장수는 지고 있던 비단을 내려놓고 잠시 나무 그늘 아래 앉았습니다. 그런데 너무 피곤한 탓인지 깜빡 잠이 들고 말았습니다.

① 잠시   ② 피곤한
③ 이른 아침   ④ 비단을 들고
⑤ 나무 그늘 아래

유형 2 처음 일어난 일과 나중 일어난 일 파악하기

인물에게 일어난 일의 차례를 살펴보고 가장 마지막에 일어난 일을 파악하는 문제입니다.

2 다음 중 가장 마지막에 일어난 일에 ○표 하세요.

국어

> 목이 마른 까마귀는 얼른 물을 마시고 싶었습니다. 하지만 물병의 주둥이가 너무 좁아 까마귀의 부리가 들어가지 않았습니다. 까마귀는 이리저리 부리를 움직여 보았지만 모두 소용없었습니다.
> "이를 어쩌지? 좋은 방법이 없을까?"
> 까마귀는 물병 주위를 돌며 고민을 했습니다. 그때 물병 주위에 작은 돌들이 보였습니다.
> "바로 이거야! 물병에 작은 돌을 넣으면 물이 차오르겠지? 그러면 물을 마실 수 있을 거야."
> 까마귀는 물병에 작은 돌을 하나씩 넣었습니다. 그러자 물병의 물이 위로 조금씩 차오르기 시작했습니다.

(1) 까마귀가 목이 말라 물을 마시고 싶었다.   (   )
(2) 까마귀가 물병에 작은 돌을 하나씩 넣었다.   (   )
(3) 까마귀는 물병 주변에서 작은 돌을 발견했다.   (   )
(4) 까마귀는 물병에 부리가 들어가지 않아 고민했다.   (   )

3 일이 일어난 차례대로 빈칸에 숫자를 쓰세요.

유형 3 일이 일어난 차례대로 정리하기

인물에게 일어난 일의 원인과 결과를 찾아 일이 일어난 차례를 정리합니다.

국어

옛날에 마음씨 착한 농부 부부가 살고 있었어요. 부부는 가난하지만 열심히 일하며 살았지요. 그러던 어느 날 부부의 집 마당에 거위 한 마리가 나타났어요.

"웬 거위지?"

"글쎄요. 데리고 있으면 언젠가 주인이 나타나겠지요."

이튿날 부부에게는 더 신기한 일이 생겼어요. 거위가 황금 알을 낳았지 뭐예요.

"어이쿠, 이게 무슨 일이람!"

농부는 황금 알을 보고 깜짝 놀랐어요. 하지만 이게 끝이 아니었답니다. 거위는 다음 날도, 그다음 날도 황금 알을 낳았어요. 부부는 거위가 낳은 황금 알 덕분에 부자가 되었지요.

"여보, 거위는 왜 황금 알을 하루에 한 알만 낳을까?"

"그러게요. 더 많이 낳으면 큰 부자가 될 텐데요."

농부 부부는 돈이 많아지니 더 욕심이 생겼어요. 그래서 거위의 배를 가르기로 했어요. 그러면 더 많은 황금 알을 한꺼번에 얻을 수 있을 거라고 생각했지요.

(1) 거위는 매일 황금 알을 한 알씩 낳았다. ( )

(2) 농부 부부의 집 마당에 거위 한 마리가 나타났다. ( )

(3) 부부는 황금 알을 낳는 거위 덕분에 부자가 되었다. ( )

(4) 부부는 욕심이 생겨 황금 알을 낳는 거위 배를 가르기로 했다.

( )

●글의 종류 이야기(동화)

●글의 특징 이 글은 아버지가 게으른 세 아들에게 포도밭에 보물 상자가 있다는 유언을 남긴 이야기 「포도밭의 보물」의 일부입니다. 주어진 글은 세 아들이 포도나무를 심고 가꾸어 열심히 일할 때 얻는 삶의 보람을 깨닫는 장면입니다.

●낱말 풀이
유언 죽기 전에 남기는 말.
기왕 이미 지나간 이전.

"영차, 영차!"

세 아들이 땀을 뻘뻘 흘리며 땅을 파고 있습니다. 이렇게 열심히 땅을 파는 이유는 얼마 전 아버지께서 남기신 유언 때문입니다. 늘 부지런하셨던 아버지는 돌아가시며 이 땅에 보물 상자를 묻었으니 찾아보라고 하셨습니다.

세 아들은 아버지의 장례식이 끝나자 보물 상자를 찾기 위해 땅을 팠습니다. 하지만 아무리 땅을 파도 보물 상자는 보이지 않았습니다.

"아무래도 보물 상자는 없는 것 같아. 기왕 땅을 팠으니 이곳에 포도나무를 심는 게 어때?"

"그리고 보니 포도 농사를 짓기에 딱 좋게 되었어."

"형 말대로 여기에 포도나무를 심읍시다."

첫째 형의 말에 둘째와 셋째가 좋다고 대답했습니다. 세 아들은 힘을 모아 포도나무를 심고 물을 주어 돌봤습니다.

가을이 되자 포도나무에는 주렁주렁 먹음직스러운 포도가 열렸습니다.

"우아, 포도가 정말 많이 열렸어!"

"포도를 장에 내다 팔면 큰돈을 벌겠는걸."

"그리고 보니 이게 바로 ㉠아버지께서 남기신 보물이었어."

세 아들은 잘 익은 포도를 바라보며 함께 웃었습니다.

1 아버지가 세 형제에게 남긴 유언은 무엇입니까? (   )

이해

① 포도 장사를 해 보아라.

② 어머니께 보물 상자를 드려라.

③ 땅에 묻은 보물 상자를 찾아보아라.

④ 열심히 일해서 보물 상자를 만들어라.

⑤ 땅을 파고 갈아서 포도나무를 심어라.

3주 4일 학습 끝!

붙임 딱지 붙여요.

2 ㉠이 가리키는 것은 무엇인지 글에서 찾아 쓰세요. (   )

이해

3 ㉮~㉱ 중 가장 <u>먼저</u> 일어난 일의 기호를 쓰세요. (   )

구조

㉮ 세 형제가 열심히 땅을 팠다.

㉯ 세 형제는 땅에 포도나무를 심었다.

㉰ 포도나무에 포도가 주렁주렁 열렸다.

㉱ 아버지가 땅에 보물 상자를 묻었다는 유언을 남겼다.

4 이 글을 읽고 난 생각이나 느낌으로 알맞지 <u>않은</u> 친구에 ○표 하세요.

비판

(1) 아버지가 땅에 보물 상자를 묻었다고 거짓말한 것은 잘못이야.

(2) 세 아들처럼 부지런히 일하면 좋은 결과를 얻을 수 있어.

(3) 아버지는 세 아들에게 열심히 일하라는 가르침을 남기셨어.

101

글을 읽고 글쓴이의 마음 짐작하기

★ 글의 밑줄 친 표현에서 짐작할 수 있는 글쓴이의 마음을 쓰세요. 초성 도움말을 보면 글쓴이의 마음을 쉽게 알 수 있어요.

아픈 머리에 얹어 주신 물수건이 차가웠지만 엄마 손은 너무 따뜻했어요.
"엄마, 너무 고마워요."
라고 말하고 싶었어요.

ㄱㅁㅇ 마음

고마운 마음

ㅁㅇㅎ 마음

마음

선우에게
아침 활동 시간에 너무 심한 말을 해서 미안해. 울면서 뛰어나가는 모습을 보니 마음이 아팠어.

20○○년 ○○월 ○○일   날씨: 햇빛이 쨍쨍

오늘은 아침부터 엄청 더웠다. 그래서 집에 오자마자 냉장고를 열어 아이스크림을 꺼내 먹었다. 달콤하고 시원해서 정말 맛있었다. 나는 하나 더 먹고 싶어서 아이스크림을 또 꺼내 먹었다. 한꺼번에 많이 먹으면 배탈 난다고 엄마께서 말리셨지만 다시 하나를 더 먹어 버렸다. 그러자 저녁 무렵부터 정말 배가 아프기 시작했다. <u>나는 아이스크림을 괜히 많이 먹었다고 생각했다.</u>

ㅎㅎㅎㄴ
마음

마음

20○○년 ○○월 ○○일   날씨: 파란 하늘을 본 날

할아버지 댁에 다녀오는 길에 엄마 아빠와 놀이공원에 들렀다. 전부터 타고 싶었던 놀이 기구를 오늘 드디어 탔다. 매번 줄이 길어서 기다리다 돌아왔는데 오늘은 금세 탈 수 있었다. 다른 아이들은 무섭다고 하는데 나는 신나기만 했다. <u>올라갈 때는 긴장되는 느낌이지만 내려갈 때는 시원한 바람까지 맞아 재미있었다.</u> 오랜만에 엄마 아빠와 시간을 보내는 것도 좋았다.

ㅅㄴㄴ
마음

마음

주제 탐구

글쓴이의 마음을 짐작하면 글의 내용을 쉽게 이해할 수 있습니다. 글쓴이와 비슷한 경험을 떠올리거나 글쓴이의 상황을 알면 글쓴이의 마음을 짐작할 수 있습니다. 또, 글쓴이의 말이나 행동, 마음을 나타내는 말을 살펴보아야 합니다.

유형 1 글쓴이의 마음이 나타난 부분 찾기

글쓴이의 마음이 나타난 말이나 표현을 찾아 글쓴이의 마음을 짐작합니다.

1 ㉠~㉢ 중 글쓴이의 마음이 나타난 부분의 기호를 쓰세요.

국어

20○○년 ○○월 ○○일	날씨: 파란 하늘을 본 날

　오늘 학교에서 시험을 봤다. ㉠처음에는 문제가 술술 풀렸다. 나는 시험지에 답을 척척 써 나갔다. ㉡그런데 10번이 문제였다.

　아무리 봐도 무엇이 답인지 알 수 없었다. 1번인가 싶으면 2번이 답인 것 같았다. ㉢나는 너무 답답해서 손을 들어 선생님께 여쭤보고 싶었다. 아니면 친구들이 답으로 무엇을 썼는지 살짝 보고 싶었다. 하지만 시험에서는 그러면 안 된다고 생각해서 참았다.

(　　　　)

유형 2 글쓴이가 처한 상황에서 마음 짐작하기

글쓴이가 처한 상황과 한 일을 파악하여 글쓴이의 마음을 짐작합니다.

2 '나'의 마음으로 알맞은 것은 무엇입니까? (　　　　)

국어

　"내가 먹을 거야!"
　재호는 내가 들고 있던 과자 봉지를 잡아당겼습니다. 나는 과자를 빼앗기지 않으려고 봉지를 움켜쥐었습니다. 그러자 재호가 바닥으로 넘어졌습니다. 재호는 집이 떠나가게 울기 시작했습니다.
　"아아앙! 형이 나 밀었어!"
　재호는 내가 하지도 않은 일을 했다며 소리까지 질렀습니다. 나는 그런 재호를 호랑이처럼 무섭게 노려봤습니다.

① 동생을 사랑하는 마음　　　② 동생에게 미안한 마음
③ 동생에게 화가 난 마음　　　④ 동생을 무서워하는 마음
⑤ 동생을 그리워하는 마음

3 글쓴이와 비슷한 경험을 떠올린 친구에 ○표 하세요.

유형 3 글쓴이와 비슷한 마음을 느꼈던 경험 떠올리기

'나'가 새로운 사실을 알게 되어 신기했던 일과 비슷한 경험을 떠올린 것을 찾습니다.

20○○년 ○○월 ○○일	날씨: 구름이 동동 뜬 날

할머니 댁으로 고구마를 캐러 갔다. 나는 고구마를 좋아해서 고구마를 캐러 간다고 했을 때 정말 기대가 컸다.

할머니를 따라 고구마 밭에 도착하니 고구마가 보이지 않았다. 할머니께서는 고구마가 땅속에 있다고 하셨다. 길쭉하게 혹은 둥글게 자란 고구마의 뿌리가 우리가 먹는 고구마가 된다고 알려 주셔서 놀랐다.

지난 여름 할머니께서 고구마 꽃이 예쁘게 피었다고 말씀하신 일이 떠올랐다. 다시 할머니께 여쭈어보니 고구마 꽃은 연한 자주색으로 오전에만 핀다고 말씀하셨다. 고구마 꽃은 가을이면 시드는데 꽃이 질 때쯤이면 땅속에서 굵은 고구마가 자라 있다고도 하셨다. 맛있는 고구마를 캐며 고구마에 대해 새로운 사실을 알게 되어 신기했다.

(1) 나도 엄마 아빠와 캠핑장에서 군고구마를 먹었는데 맛있었어.

(2) 나도 할아버지께서 연끼리 싸움을 한다고 알려 주셨을 때 신기했어.

(3) 나도 친구가 장난감과 책상 정리하는 법을 알려 주어서 고마웠어.

105

●글의 종류 일기

●글의 특징 이 글은 기다리던 메추리 새끼가 알을 깨고 나오는 과정과 메추리 새끼가 태어났을 때의 기쁜 마음을 쓴 일기입니다.

●낱말 풀이
부화기 어미 새의 품처럼 따뜻한 기온을 유지하여 알에서 새끼가 나올 수 있게 돕는 기계.
부화할 동물의 알 속에서 새끼가 껍데기를 깨고 밖으로 나옴.
안절부절못했다 마음이 초조하고 불안하여 어찌할 바를 몰랐다.
웅크리고 몸 따위를 움츠러들이고.

2○○○년 ○○월 ○○일 목요일	날씨: 바람이 쌩쌩

지문 ★ ★ ☆

낱말 ★ ★ ☆

학교에 다녀와서 나는 바로 메추리 부화기 옆으로 달려갔다. 엄마가 오늘쯤 메추리알이 부화할 거라고 말씀하셨기 때문이다. 나는 오랫동안 메추리가 나오기를 기다리고 있었다.

메추리알이 우리 집에 온 지 2주가 넘었다. 메추리알은 보통 17일이 지나면 메추리 새끼로 부화한다고 한다. 나는 알을 부화기에 넣어 두고 매일매일 살펴보았다.

저녁때쯤 작은 메추리알이 조금 흔들리더니 조그만 조각이 깨지기 시작했다. 메추리 새끼가 부리로 껍질을 깬 것이다. 알이 작아서 금방 깨고 나오려니 했는데 쉽게 나오지 못했다. ㉠나는 혹시라도 메추리 새끼가 나오지 못할까 봐 걱정이 되어 안절부절못했다.

한 시간쯤 지난 후, 엄마가 털이 말라 가는 메추리 새끼를 미리 준비한 상자에 옮겨 전등을 쬐어 주셨다. 상자 안에는 짧고 보송보송한 털이 난 메추리 새끼가 얌전히 웅크리고 있었다. 엄마는 시간이 지나면 털도 더 많아지고, 씩씩하게 걸어 다닐 거라고 말씀하셨다. 엄마가 하신 말씀을 듣고 나는 신이 나서 펄쩍펄쩍 뛰었다. 메추리 새끼가 무사히 태어나서 정말 다행이다.

106

1 이 글에서 글쓴이가 겪은 일은 무엇입니까? (   )

이해

① 엄마가 메추리알을 사 오셨다.

② 메추리 새끼를 만나러 숲에 놀러 갔다.

③ 메추리 새끼가 태어나는 장면을 보았다.

④ 엄마가 메추리를 키우지 못하게 하셨다.

⑤ 학교에서 돌아오는 길에 메추리를 보았다.

3주 5일
학습 끝!

붙임 딱지 붙여요.

2 다음 중 글쓴이가 한 일이 <u>아닌</u> 것을 골라 기호를 쓰세요. (   )

이해

㉮ 메추리 새끼가 알에서 나오는 과정을 보았다.

㉯ 부화기 속의 메추리알을 매일매일 살펴보았다.

㉰ 털이 마른 메추리 새끼를 준비한 상자에 넣었다.

3 ㉠에 나타난 글쓴이의 마음으로 알맞은 것은 무엇입니까? (   )

추론

① 기쁜 마음　　　　② 서운한 마음　　　　③ 속상한 마음

④ 얄미운 마음　　　　⑤ 걱정스러운 마음

4 글쓴이와 비슷한 경험을 떠올린 친구에 ○표 하세요.

문제해결

(1) 엄마가 갖고 싶어 하던 장난감을 안 사 주셔서 속상했어.

(2) 우리 집 강아지가 건강하게 새끼를 낳아서 정말 기뻤어.

(3) 우리 집 강아지가 친구가 아끼는 신발을 물어서 미안했어.

몸과 관련 있는 관용 표현

 '머리를 맞대다'는 '어떤 일을 의논하거나 결정하기 위하여 서로 마주 대하다.'라는 뜻이에요. '가슴에 새기다'도 '잊지 않게 단단히 마음에 기억하다.'라는 뜻이지요. 이런 말들을 관용 표현이라고 해요. 관용 표현은 옛날부터 오랫동안 사용하면서 새로운 뜻으로 굳어진 표현이에요.

몸과 관련 있는 관용 표현

- **몸에 배다** 여러 번 겪거나 치러서 아주 익숙해진다는 뜻이에요.
  예 인사가 몸에 배었다.
- **몸이 달다** 마음이 매우 초조하다는 뜻이에요. 예 기차를 놓칠까 봐 몸이 달았어.
- **머리를 굴리다** 머리를 써서 해결 방안을 생각해 낸다는 뜻이에요.
  예 어떻게 하면 고칠 수 있는지 네가 머리를 좀 굴려 봐.
- **머리를 식히다** 흥분되거나 긴장된 마음을 가라앉힌다는 뜻이에요.
  예 나는 머리를 식히려고 공원으로 나갔다.
- **가슴을 펴다** 굽힐 것 없이 당당하다는 뜻이에요.
  예 호영이는 어려운 집안 형편이었지만 가슴을 펴고 자신의 의견을 말했다.
- **가슴에 손을 얹다** 양심에 근거를 둔다는 뜻이에요.
  예 네가 잘못한 것이 없는지 가슴에 손을 얹고 생각해 봐.

1 다음 문장에서 둘 중 알맞은 표현을 골라 ○표 하세요.

(1) 나는 혹시 지각하지 않을까 싶어 몸이 (달았다 / 배었다).

(2) 친구가 낸 수수께끼 문제를 맞히려고 머리를 (식혔다 / 굴렸다).

2 친구들이 한 말의 빈칸에 공통으로 들어갈 낱말을 쓰세요. (   )

- 힘내. ☐☐을/를 펴고 네가 잘할 수 있다는 것을 보여 줘.

- 이거 네가 한 것 맞지? ☐☐에 손을 얹고 말해 봐.

이번 주 나의 독해력은?	이번 주 학습을 모두 끝마쳤나요?	😊 😄 😖
	이야기를 읽으며 인물의 모습을 떠올릴 수 있나요?	😊 😄 😖
	이야기를 읽고 인물의 마음을 짐작할 수 있나요?	😊 😄 😖

PART3

문제해결 독해

글에서 감동적인 부분을 찾아 글쓴이의 마음에 공감하고
글을 읽고 난 감동을 표현하며 읽어요.
또, 여러 글에 나타난 다양한 문제 상황과 해결 방법을
나의 생활에 적용하며 창의적으로 읽는 방법을 배워요.

contents

시 속 인물의 마음 상상하기

★ 이 시를 읽고 '나'는 누구인지 쓰세요.

난 꼬마도 될 수 있고
엄청난 거인도 될 수 있다.
아파트 벽쯤 단숨에 오르고
물 위로 벌렁 누울 수도 있다.
하지만 난
혼자서는 안 논다.
꼭꼭 누구랑 같이 논다.
누구가 누구냐구?
바로 너지 누구야.

언제나 너를 따라
함께 노는 나.
그럼 난 누구게?

문삼석, 「그림자」

• 나는 [   ][   ][   ] 입니다.

112

★ 이 시에 대한 내용으로 맞으면 ○표, 틀리면 ✕표를 하세요.

시 속에 나오는 사람은 '너'와 그림자야.

'너'는 아파트 벽을 단숨에 오를 수 있어.

'나'는 혼자서 노는 것을 좋아해.

'나'는 언제나 '너'와 함께 놀고 있어.

네가 외로울까 봐 친구가 되어 놀아 주는 '나'의 따뜻한 마음이 느껴져.

주제 탐구

시 속 인물의 마음을 상상하며 시를 읽으면 시를 더 재미있게 읽을 수 있습니다. 시의 장면을 행동으로 표현하거나 시에 나타난 표현을 보고 시 속 인물의 마음을 생각할 수 있습니다. 또, 시의 내용과 비슷한 경험을 떠올리면 시 속 인물의 마음을 상상할 수 있습니다.

유형 1 시 속 인물의 마음이 드러난 표현 찾기

시에서 엄마의 사랑을 포근하고 편안하게 받아들이는 '나'의 마음을 드러내는 표현을 찾습니다.

1 국어 ㉠~㉤ 중 '나'의 마음을 알 수 있는 표현을 <u>두 가지</u> 골라 기호를 쓰세요. (   )

엄마하고

박목월

㉠엄마하고 길을 가면
나는
키가 더 커진다.

㉡엄마하고 얘길 하면
나는
㉢말이 술술 나온다.

㉣그리고 엄마하고 자면
나는
자면서도 엄마를 꿈에 보게 된다.

참말이야, 엄마는
내가
㉤자면서도 빙그레
웃는다고 하셨어.

유형 2 시 속 인물의 마음 상상하기

시 속 인물이 처한 상황을 떠올려 시 속 인물의 마음을 상상하는 문제입니다.

2 국어 이 시에 나타난 시 속 인물의 마음은 무엇입니까? (   )

소풍 가는 날

동그란 달님 지고,
반짝이는 해님 뜨면
소풍을 간다.

달님은 어서 쉬고
해님은 어서 일어났으면
내일이 빨리 왔으면

① 내일을 기다리는 마음
② 내일을 걱정하는 마음
③ 오늘을 아쉬워하는 마음
④ 달님이 쉬기를 바라는 마음
⑤ 내일이 오지 않기를 바라는 마음

3 이 시의 내용과 비슷한 경험을 떠올린 친구에 ○표 하세요.

국어

유형 3 시의 내용과 비슷한 경험 떠올리기

시 속 인물인 '나'가 아빠의 옛날 사진을 본 일과 비슷한 경험을 떠올려 시 속 인물의 마음을 상상합니다.

옛날 사진

똘망똘망
동그란 눈
귀여운 아기

요리 보고
저리 봐도
나를 닮았네.

너는 어찌
나를 닮아
이리 귀엽니?

어허! 그건
아빠 아기 때
사진이란다.

(1) 나도 할머니 댁에 가서 눈이 큰 황소를 봤을 때 신기했어.

(2) 친구들과 놀이터 미끄럼틀에서 놀았을 때가 가장 재미있어.

(3) 할머니께서 아빠도 어릴 때 나처럼 개구쟁이였다고 하셨을 때 신기했어.

●글의 종류 동시

●글의 특징 이 시는 엄마와 아이의 정겨운 질문과 대답으로 좋은 데 이유가 없는 엄마와 아이의 사랑을 나타낸 시입니다.

● 중심 내용
1~2연 엄마는 '나'를 그냥 무조건 좋아하고 무엇이든 베푸는 사람임.
3~4연 '나' 역시 이유 없이 베푸는 엄마를 그냥 사랑할 수밖에 없음.

그냥

문삼석

㉠엄만
내가 왜 좋아?

－그냥…….

넌 왜
엄마가 좋아?

－그냥…….

1 이 시에서 ㉠은 누가 누구에게 하는 말입니까? (   )

① 아이가 아빠께   ② 아이가 엄마께

③ 엄마가 아이에게   ④ 아이가 선생님께

⑤ 선생님이 아이에게

2 이 시에서 반복되는 말을 보기 에서 모두 찾아 쓰세요.

보기

나	그냥	아빠	좋아	왜	그리고

(   )

3 이 시에 나타난 '나'의 마음으로 알맞은 것은 무엇입니까? (   )

① 엄마가 늘 보고 싶다.

② 엄마의 사랑 때문에 행복하다.

③ 대답이 떠오르지 않아 답답하다.

④ 엄마에게 대답하지 못해 미안하다.

⑤ 엄마가 자꾸 질문을 해서 화가 났다.

4 시의 내용과 비슷한 경험을 떠올린 친구에 ○표 하세요.

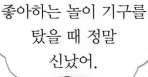

(1) 아침에 엄마가 나를 안아 주시면서 깨워 주실 때 행복했어.

(2) 내가 제일 좋아하는 놀이 기구를 탔을 때 정말 신났어.

(3) 내가 모르는 문제가 나왔을 때 미루지 않고 풀어서 뿌듯했어.

17 마음을 나타내는 말을 다른 말로 바꾸기

4주

★ 말판에 그려진 친구의 표정에서 마음을 짐작해 보세요. 그리고 주사위
를 던져서 나오는 숫자의 칸에 마음을 나타내는 말을 따라 쓰세요.

슬프다

괴롭다

가슴 아프다

짜증 나다

우울하다

속상하다

기쁘다

행복하다

기분 좋다

신난다

재미있다

즐겁다

무섭다

두렵다

소름 돋다

떨린다

오싹하다

긴장된다

주제 탐구

글을 읽으면 행복, 질투, 두려움, 슬픔 등 글쓴이의 다양한 마음이 나타납니다. 이런 마음을 나타내는 말을 찾아 바꾸어 쓸 수 있는 말을 생각하면 글쓴이의 마음을 알 수 있습니다. 또, 마음을 나타내는 상황이나 까닭을 찬찬히 살펴보면 글쓴이의 마음을 자세히 이해할 수 있습니다.

1 글쓴이가 슬픈 마음이 들었던 까닭은 무엇입니까? (   )

국어

> 형이 놀이터에서 친구들과 얼음땡 놀이를 하고 있었습니다. 나도 하고 싶어서 끼워 달라고 했습니다.
> 나는 잡으려고 쫓아오는 형들을 피해 열심히 뛰었지만 금방 잡혔습니다. 한번 잡혀서 술래가 되니 형들을 잡는 데 너무 힘이 들었습니다. 잡으려고 하면 얼음을 외치고, 금세 다른 형이 와서 '땡' 하고 풀어 주었습니다.
> 나는 술래에서 벗어날 수가 없었습니다. 계속해서 술래만 하다 보니 점점 슬퍼져 결국 울고 말았습니다.

① 놀이터에서 놀 수 없어서
② 얼음땡 놀이가 재미없어서
③ 계속해서 나만 술래가 되어서
④ 형이 얼음땡 놀이에 끼워 주지 않아서
⑤ 형들이 함께 얼음땡 놀이를 하자고 해서

2 ㉠을 마음을 나타내는 말로 표현한 것은 무엇입니까? (   )

바슬즐

> 그림책에서만 보았던 달팽이를 실제로 보았어요. 이웃집에서 키우는 달팽이였지요. 손에다 달팽이를 올려놓자 손바닥을 간질이며 기어갔어요. 달팽이가 위로 올라갈 때는 목을 움츠리고 몸을 통통하게 만들었다가 목을 쭉 빼며 움직였어요. 길쭉한 더듬이를 손으로 만지자 쏙 들어가 버렸어요.
> 나는 달팽이가 신기해서 한참을 들여다봤어요. 그러자 이웃집 아주머니가 달팽이를 주겠다고 하셨지요. ㉠나는 씰룩씰룩 웃음이 나오려는 것을 참고 감사하다고 인사를 드렸어요. 나는 달팽이를 들고 팔짝팔짝 뛰어서 집으로 왔어요.

① 슬펐다.　　　　　② 화가 났다.　　　　　③ 짜증이 났다.
④ 기분이 좋았다.　　⑤ 자랑스러웠다.

3 ⑤~ⓒ과 바꾸어 쓸 수 있는 말을 골라 선으로 이으세요.

유형 3 마음을 나타내는 말 바꾸어 쓰기

글쓴이의 마음을 나타내는 말을 살펴보고 바꾸어 쓸 수 있는 다른 말을 찾는 문제입니다.

국어

엄마께서 아픈 동생을 데리고 병원에 가셨어요. 나도 같이 가고 싶었는데 엄마께서 집에 있으라고 하셔서 가지 못했지요. 나는 엄마와 동생이 오기만을 기다렸어요. 시간이 지나도 오지 않아서 정말 ⑤지겨웠어요.

드디어 동생이 왔어요. 하지만 동생은 여전히 아파 보였어요. 엄마께 업혀 와서는 바로 침대에 누웠어요. 나는 ⓒ속상했어요. 병원에 다녀오면 좀 나아지지 않을까 했는데 하나도 낫지 않은 것 같았어요. 엄마께서는 병원에서 주사도 맞고, 약도 먹었으니 조금 있으면 나아질 거라고 하셨어요.

나는 동생과 엄마를 기다렸듯이 다시 동생이 나아지기를 기다려 보기로 했어요. 나는 동생 옆에 앉아서 책을 읽었어요. 엄마께서는 거실에서 텔레비전도 보며 놀라고 하셨지만 그러고 싶지 않았어요.

나는 동생이 ⓒ걱정되었어요. 그래서 잠이 든 동생의 얼굴을 자꾸자꾸 쳐다봤어요. 어제 동생이랑 놀이터에서 뛰어놀았는데 나랑 놀아서 몸이 아픈 것 같아 미안했어요. 어서 빨리 동생이 건강해졌으면 좋겠어요.

(1) ⑤ •

(2) ⓒ •

(3) ⓒ •

• ① 지루했어요.

• ② 염려되었어요.

• ③ 안타까웠어요.

지문 ★ ★ ★

낱말 ★ ★ ★

●글의 종류 생활문

●글의 특징 이 글은 '내'가 한글 박물관에 견학을 가서 세종 대왕이 왜 한글을 만들게 되었는지 살펴보고 세종 대왕에게 고마움을 느낀 일을 쓴 글입니다.

●낱말 풀이
견학 실지로 보고 그 일에 관한 구체적인 지식을 넓힘.
호기심 새롭고 신기한 것을 좋아하거나 모르는 것을 알고 싶어 하는 마음.
절레절레 머리를 좌우로 자꾸 흔드는 모양.

나는 매주 부모님과 박물관에 견학을 갑니다. 이번 주에 간 곳은 한글 박물관입니다. 나는 박물관에 들어가기 전 앞마당에서 뛰어놀고 싶었는데 아빠께서 내 손을 잡아끄셨습니다. ㉠나는 입을 삐죽이며 아빠 손에 이끌려 안으로 들어갔습니다.

"우아, 여긴 무슨 영화관 같네."

영화관처럼 컴컴한 곳으로 들어가자 나는 조금씩 호기심이 생겼습니다. 그곳에서는 세종 대왕이 왜 한글을 만들려고 했는지 알려 주는 짧은 영화가 나오고 있었습니다.

"아빠, 신하들은 한자를 잘 아니까 한글 만드는 것을 반대한 것 같아요. 어쩌면 저렇게 백성들 걱정은 안 하지요?"

"하하, 그렇게 보였니? 그래도 세종 대왕이 백성을 사랑하는 마음으로 백성들이 쓰기 쉬운 한글을 만드셨으니 얼마나 다행이냐."

내 말에 아빠께서 웃으셨습니다.

"제가 그 시대에 태어났으면 한자 공부를 더 많이 해야 했겠지요? 으, 생각만 해도 끔찍해요."

나는 고개를 절레절레 흔들었습니다. 나는 갑자기 한글이 소중하게 느껴져서 박물관 곳곳을 둘러보기 시작했습니다.

한글 박물관을 견학하며 가장 인상적인 것은 한글이 아주 과학적이고 쉬운 문자라는 것이었습니다. 나는 그런 글자가 우리나라 문자라는 것이 ㉡자랑스러웠습니다. 세종 대왕은 백성을 위하는 마음으로 결국 과학적이면서도 쉬운 한글을 탄생시킨 것입니다.

나는 집으로 돌아오는 길에 광화문 광장에 있는 세종 대왕 동상이 보이자, 가만히 고개를 숙여 감사의 인사를 드렸습니다.

1 '내'가 이번 주말에 아빠와 견학한 곳은 어디인지 찾아 쓰세요.

이해

(   )

2 ㉠에서 알 수 있는 '나'의 마음으로 알맞은 것은 무엇입니까? (   )

추론

① 기쁜 마음　　　　② 신나는 마음　　　　③ 심심한 마음
④ 못마땅한 마음　　　⑤ 자랑스러운 마음

4주 2일
학습 끝!

붙임 딱지 붙여요.

3 ㉮~㉰ 중 '내'가 가장 인상 깊게 느낀 점의 기호를 쓰세요. (   )

이해

㉮ 한글은 백성들을 위한 글자이다.
㉯ 내가 한자 공부를 더 많이 해야 한다.
㉰ 한글은 아주 과학적이고 쉬운 글자이다.
㉱ 한글을 처음 만들 때 신하들이 반대했다.

4 ㉡과 바꾸어 쓸 수 있는 말을 보기 에서 골라 쓰세요.

어휘

보기

뿌듯했습니다.　　　고민이었습니다.　　　슬펐습니다.

(   )

5 '내'가 세종 대왕에게 감사의 인사를 한 까닭은 무엇입니까? (   )

추론

① 백성을 위하는 좋은 임금이라서
② 한글을 만들어 주신 것이 고마워서
③ 신하들이 반대한 일을 보고 미안해서
④ 한자 공부를 더 많이 할까 봐 두려워서
⑤ 과학적이고 쉬운 문자를 만드신 것이 부러워서

123

18 이야기를 읽고 인물의 마음 짐작하기

4주

★ 이 이야기를 읽고 청개구리의 마음을 짐작하여 ○표 하세요.

옛날옛날에 엄마가 하는 말에 늘 거꾸로 행동하는 청개구리가 한 마리 있었어요.

얘야, 앉아라.

앉으라고요? 그럼, 저는 서 있을래요.

어느 날, 심한 병에 걸린 엄마 개구리는 자신이 죽으면 산에 묻히고 싶어서 청개구리에게 일부러 거꾸로 말했어요.

내가 죽으면 강가에 묻어 주렴.

엄마 말대로 한 청개구리는 비가 오면 강가에 있는 엄마의 무덤이 빗물에 떠내려가지 않을까 걱정되어 더 크게 울었어요.

엄마 무덤이 떠내려가면 어떡하지?

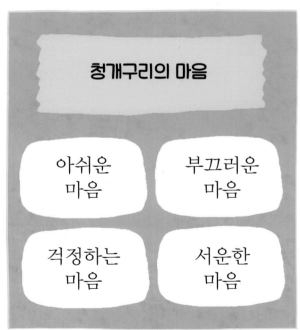

청개구리의 마음

아쉬운 마음

부끄러운 마음

걱정하는 마음

서운한 마음

124

★ 이 이야기를 읽고 알라딘의 마음을 짐작하여 ○표 하세요.

어느 날, 알라딘에게 한 마법사가 찾아왔어요.

동굴에 있는 구멍에서 램프를 꺼내 오면 돈을 주겠소.

동굴에 도착한 마법사는 알라딘을 구멍 안으로 밀어 넣었어요.

램프를 잡았어요. 이제 저를 꺼내 주세요.

마법사는 알라딘에게 줄 돈이 아까웠어요. 그래서 알라딘에게 램프를 빼앗고 알라딘을 동굴에 두고 떠났어요.

거기 아무도 없어요? 여기 사람이 갇혀 있어요.

알라딘의 마음

뿌듯한 마음	즐거운 마음
답답한 마음	질투하는 마음

주제 탐구

　이야기에서 인물의 마음이 나타난 부분을 찾으면 인물의 마음을 짐작할 수 있습니다. 인물의 마음을 직접 나타내는 말이나 그런 마음이 든 상황이나 까닭이 드러난 부분을 살펴봅니다. 또, 인물의 표정이나 모습을 글이나 그림으로 표현한 부분을 살펴봅니다.

ᄀᄀ 독해력 활짝

1

국어

㉠~㉣ 중 아버지의 마음이 나타난 문장을 찾아 기호를 쓰세요.

유형 1 인물의 마음을 직접 나타내는 말 찾기

빈둥빈둥 놀면서 집안일은 거들지 않는 총각에 대한 아버지의 마음이 직접 나타난 문장을 찾는 문제입니다.

여물 말과 소를 먹이기 위하여 말려서 썬 짚이나 마른풀.

㉠옛날에 일하기를 매우 싫어하는 총각이 있었습니다. ㉡총각은 하루 종일 빈둥빈둥 놀면서 집안일은 조금도 거들지 않았습니다. 늙은 아버지가 힘들게 나무를 해도 총각은 나무 그늘에서 쉬다가 맨손으로 집에 왔습니다. ㉢아버지가 소에게 여물을 주라고 시키면 하기 싫어서 배가 아프다고 꾀병을 부렸습니다. 총각의 게으름은 이뿐만이 아니었습니다. 총각은 매일 점심때가 다 되어서야 일어나 밥을 먹었습니다. ㉣이런 아들을 보는 아버지 마음은 늘 답답했습니다.

(　　　　　)

2

국어

사자가 괴롭고 분한 마음이 든 까닭은 무엇입니까? (　　　)

유형 2 인물의 마음이 들게 된 상황이나 까닭 찾기

사자가 괴롭고 분한 마음이 든 까닭이 되는 상황을 파악합니다.

분한 억울한 일을 당하여 화나고 원통한.

오후 늦게까지 아무것도 먹지 못한 사자는 배가 고팠어요.
"아이고, 어서 먹이를 찾아야겠군."
사자는 배고픔을 참으며 이곳저곳을 헤매고 다녔어요.
그런데 그때였어요.
"아이쿠, 이게 무슨 일이람!"
사자는 그만 사냥꾼이 쳐 놓은 그물에 걸리고 말았어요. 사자는 그물에서 벗어나려고 발버둥을 쳤지만 소용없었어요.
"이를 어쩌지? 이대로 가만히 있다가는 사냥꾼에게 잡히고 말 텐데."
그물에 갇힌 사자는 괴롭고 분한 마음이 들었어요.

① 사냥감을 눈앞에서 놓쳤다.
② 사냥꾼의 그물에 걸리고 말았다.
③ 잡은 먹이를 사냥꾼에게 빼앗겼다.
④ 헤매고 다녀도 먹이를 찾지 못했다.
⑤ 오후 늦게까지 아무것도 먹지 못했다.

3 사자의 마음이 어떻게 바뀌었는지 알맞게 정리한 것에 ○표 하세요.

유형 3 인물의 마음 변화 짐작하기

이야기에서 일어난 일을 찾아 인물의 마음이 어떻게 달라졌는지 파악하는 문제입니다.

콧김 콧구멍으로 나오는 더운 김.

옛날 어느 마을에 얼룩소와 검정소, 누렁소가 살고 있었어요. 세 마리 소는 밥도 같이 먹고, 놀 때도 함께 놀았어요.

마을 근처에는 이 소들을 노리는 사자가 있었어요. 사자는 세 마리 소가 늘 함께 있어서 쉽게 잡아먹을 수 없어 답답했지요. 그래서 꾀를 냈어요.

사자는 먼저 얼룩소에게 다가가 살며시 말했어요.

"얼룩소야, 검정소와 누렁소가 너를 멍청이라고 했단다."

사자의 말에 얼룩소는 버럭 화를 냈어요.

"거짓말하지 마! 내 친구들이 그런 말을 했을 리 없어."

두 번째로 사자는 검정소에게 귓속말을 했어요.

"검정소야, 얼룩소와 누렁소가 너는 늘 화만 내서 싫대."

검정소는 진짜 화가 나는지 콧김을 뿜으며 말했어요.

"내 친구들이 그럴 리 없어!"

사자는 마지막으로 누렁소에게 가서 말했어요.

"누렁소야, 얼룩소와 검정소가 너는 먹을 것만 찾는 먹보라고 놀렸어."

그러자 누렁소도 버럭 화를 냈어요.

"거짓말쟁이 사자 같으니라고. 내 친구들이 하지도 않은 말을 하다니."

그러나 그날부터 세 마리의 소는 함께 놀지 않았습니다. 사자는 좋아라 하며 세 마리 소를 차례로 잡아먹었습니다.

(1) 슬픈 마음 ➡ 즐거운 마음 ( )

(2) 답답한 마음 ➡ 즐거운 마음 ( )

(3) 즐거운 마음 ➡ 서운한 마음 ( )

●글의 종류 이야기(동화)

●글의 특징 이 글은 장화 신은 고양이가 주인을 위해 꾀를 내어 꾸미는 일들을 담은 「장화 신은 고양이」의 일부입니다. 주어진 글은 장화 신은 고양이가 꾀를 내어 마귀 대왕을 없애고 성을 차지하는 장면입니다.

●낱말 풀이
유산 죽은 사람이 남겨 놓은 재산.
공작 옛날 귀족의 지위를 뜻하는 말.
흔쾌히 기쁘고 유쾌하게.
자신만만한 매우 자신감이 있는.

[앞 이야기] 방앗간 주인이었던 아버지가 죽자 막내아들은 유산으로 고양이 한 마리를 받았습니다. 막내아들이 실망하자 고양이는 주인에게 장화와 자루를 구해 주면 부자로 만들어 주겠다고 했습니다. 고양이는 꾀를 내어 주인을 카라바 공작으로 만들고 공주와 결혼을 약속하게 하였습니다.

　장화 신은 고양이는 높고 커다란 성에 사는 마귀 대왕을 찾아 갔어요. 마침 마귀 대왕은 식탁에 맛있는 음식을 가득 차려놓고 먹고 있었어요.
　"마귀 대왕님, 안녕하세요? 저의 주인이신 카라바 공작님이 선물을 가지고 오고 계십니다. 선물을 드려도 괜찮겠지요?"
　㉠선물이라는 말에 마귀 대왕은 기분이 좋아졌어요. 그래서 흔쾌히 오라고 허락했지요. 장화 신은 고양이는 맛있는 음식과 선물 이야기에 기분이 좋아진 마귀 대왕에게 이번에는 부탁이 있다고 말했어요.
　"무슨 부탁이냐?"
　"대왕님, 대왕님이 요술을 아주 잘 부리신다는 소문이 있던데, 꼭 한 번 보고 싶어요."
　그러자 '펑' 소리가 나더니 마귀 대왕이 사자로 변했어요.
　"아이고, 놀래라! 정말 대단하시네요."
　장화 신은 고양이가 사자로 변한 마귀 대왕을 보고 말했어요.
　"이건 아무것도 아니란다. 난 무엇으로든 변할 수 있어."
　마귀 대왕은 자신만만한 표정으로 말했어요.
　"그래도 아주 작은 생쥐로 변하는 건 어렵겠지요?"
　㉡장화 신은 고양이 말에 마귀 대왕은 버럭 화를 냈어요. 그러고는 바로 '펑' 소리를 내며 생쥐로 변했어요. 그 모습을 본 장화 신은 고양이는 씨익 웃으며 작은 생쥐로 변한 마귀 대왕을 꿀꺽 삼켜 버렸답니다.

샤를 페로, 「장화 신은 고양이」

1 장화 신은 고양이가 마귀 대왕에게 부탁한 일은 무엇입니까? (   )

이해

① 무서운 사자를 물리치는 일
② 맛있는 음식을 함께 먹는 일
③ 카라바 공작에게 선물을 주는 일
④ 마귀 대왕의 요술을 보여 주는 일
⑤ 카라바 공작의 선물을 돌려주는 일

2 이 글에서 일이 일어난 차례에 맞게 빈칸에 숫자를 쓰세요.

구조

(1)

(2)

(3)

3 ㉠, ㉡에 나타난 마귀 대왕의 마음으로 알맞게 짝지어진 것은 무엇입니까? (   )

추론

① ㉠ 기쁜 마음, ㉡ 무서운 마음   ② ㉠ 미안한 마음, ㉡ 행복한 마음
③ ㉠ 아쉬운 마음, ㉡ 속상한 마음   ④ ㉠ 행복한 마음, ㉡ 미안한 마음
⑤ ㉠ 즐거운 마음, ㉡ 화가 난 마음

4 이 글 속 장화 신은 고양이에게 하고 싶은 말을 쓰세요.

비판

19 꾸며 주는 말을 넣어 느낀 점 표현하기

★ 여름 방학에 놀러 갔던 마을 풍경을 그려 보았어요. 그림에 알맞은 꾸며 주는 말을 골라 ○표 하세요.

(초록색 / 검은색) 나뭇잎이 바람에 살랑거려요.

(네모난 / 동그란) 평상에 누우면 스르르 잠이 들어요.

(귀뚤귀뚤 / 맴맴) 매미 소리가 들려요.

(얌전한 / 펄떡이는) 물고기의 비늘이 (반짝반짝 / 울긋불긋) 빛나요.

아이들이 (신나게 / 미안하게) 물고기를 잡아요.

130

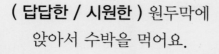
(답답한 / 시원한) 원두막에
앉아서 수박을 먹어요.

(뜨거운 / 서늘한) 햇빛에
수박이 익어 가요.

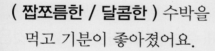
(짭쪼름한 / 달콤한) 수박을
먹고 기분이 좋아졌어요.

(무거운 / 가벼운)
수박을 들면 땀이
(뻘뻘 / 쿨쿨) 나요.

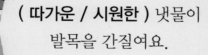
(따가운 / 시원한) 냇물이
발목을 간질여요.

주제 탐구

'따뜻한', '빨간'처럼 뒤에 오는 말을 꾸며 주어 그 뜻을 자세하게 해 주는 말을 꾸며 주는 말이라고 합니다. '주룩주룩' 같은 흉내 내는 말도 꾸며 주는 말이 될 수 있습니다. 꾸며 주는 말이 들어 있는 글은 글쓴이의 생각을 정확하고 실감나게 드러내 줍니다. 또, 글쓴이가 설명하는 장면을 더 생생하게 보여 줍니다.

1 ㉠~㉣ 중 꾸며 주는 말이 <u>아닌</u> 것의 기호를 쓰세요. (   )

국어

워리는 어느 시골 사과밭집에서 기르는 암캐였습니다. 사납지도 않고 그렇다고 그다지 영리한 편도 아닌, 시골에서는 흔히 볼 수 있는 누렁이였습니다. 어쩌다 ㉠낯선 사람이 나타날라치면 "컹컹컹……." 하고 요란스레 짖어 댈 때도 없지 않으나, 그보다는 일쑤 꼬리를 ㉡살래살래 흔들거나, 아니면 뒷다리 사이로 꼬리를 ㉢감추고 움츠린 채 ㉣비실비실 달아나기에 바빴습니다.

손춘익, 「사과밭집 워리」

2 ㉠~㉤의 빈칸에 들어갈 꾸며 주는 말로 알맞지 <u>않은</u> 것은 무엇입니까? (   )

국어

㉠▢ 쏟아지는 빗물 소리와 ㉡▢ 몰아치는 바람 소리가 너무 요란하여 아기 비둘기는 몸을 움츠리고 있었습니다.
"우르르 쾅! 우르릉 쾅!"
갑자기 하늘이 무너지는 듯한 천둥소리가 ㉢▢ 쳤습니다. 번개가 ㉣▢ 빛나고 하늘과 땅이 어두워졌습니다.
아기 비둘기는 무서워서 몸을 웅크리고 앉아 울음을 터뜨렸습니다.
"엄마, 엄마!"
아기 비둘기는 엄마의 ㉤▢ 품이 그리워졌습니다.

① ㉠: 주르륵   ② ㉡: 휘잉   ③ ㉢: 조용히

④ ㉣: 번쩍번쩍   ⑤ ㉤: 따뜻한

3 꾸며 주는 말을 넣어 이 글을 읽고 난 느낌을 잘 표현한 친구에 국어 ○표 하세요.

유형 3 꾸며 주는 말을 넣어 느 낀 점 표현하기

꾸며 주는 말을 넣어 글을 읽고 난 후의 생각이나 느 낌을 실감나고 자세하게 표현한 내용을 고릅니다.

품 따뜻한 보호를 받는 환 경을 비유적으로 이름.
가엾은 마음이 아플 만큼 안되고 애달픈.
건성 어떤 일을 성의 없이 대충 겉으로만 함.

(가) 수근이네 집 송아지가 집을 떠나게 되었습니다. 난 지 1년, 아직도 아기 송아지입니다. 날마다 어미 소 곁에서 먹고 자고 해 왔습니다. 어미 소가 밭에 갈 땐 껑충껑충 뛰며 따라다니던 송아지입니다.

그러던 것이 혼자 집을 떠나 모르는 곳에 가서 살아야 하게 된 것입니다.

어미 소는 며칠 전부터 이런 일이 있을 것을 알고 있었습니 다. 사랑하는 송아지와 이별하게 될 슬픈 일이 눈앞에 다가와 있는 것을 알고 있었지마는 송아지에게는 그 말을 하지 못했 던 것입니다.

(나) 어미 소는 송아지가 언젠가는 제 품에서 떠나게 되리라는 걸 알고 있었지만 며칠 후에 그런 이별이 닥친다고 듣고 나니 못 견디게 슬프기만 했습니다. 어미 소 는 송아지가 아무것도 모르고 껑충 껑충 뛰기도 하고, 머리통으로 어 미의 옆구리를 쿡쿡 쥐어박으며 장난을 하자고 덤빌 때에도 가엾 은 생각만 나서 건성으로 좋아하 는 체하면서 눈에는 눈물이 번졌 던 것입니다.

이원수, 「떠나는 송아지」

(1) 송아지가 계속해서 어미 소만 따라다녀서 귀찮았을 거야.

(2) 송아지와 어미 소가 이별한다니 너무 슬퍼서 눈물이 주르륵 흘렀어.

(3) 송아지가 어미 소 옆구리에 머리 를 박으면서 장난치는 장면이 재미있어.

●글의 종류 이야기(동화)

●글의 특징 이 글은 김 서방이 아내에게 화를 낸 일이 다시 자신에게 화살이 되어 돌아온 일을 쓴 옛이야기입니다. 화목하게 살려면 가족 사이에 무엇이 필요한지 가르쳐 주고 있습니다.

●낱말 풀이
고삐 말이나 소를 몰기 편하게 코뚜레에 잡아 매는 줄.
외양간 소를 기르는 곳.
연신 계속해서 자꾸.
여물 말이나 소와 같은 가축을 먹이기 위해 말려서 썬 짚이나 마른풀.
신경질적 신경이 너무 예민하거나 약해서 사소한 일에도 곧잘 흥분하는 것.

지문 ★ ☆ ☆

낱말 ★ ★ ☆

어느 날 김 서방네 소가 고삐를 풀고 외양간을 빠져나가 동네 논밭을 마구 밟아 놓았습니다. 그러자 마을 사람들이 김 서방에게 우르르 몰려왔습니다.

"남의 논밭을 망쳐 놓았으니 어떻게 할 거요?"

성난 마을 사람들은 무섭게 화를 냈습니다. 김 서방은 미안하다며 연신 사과를 해서 겨우 마을 사람들의 화를 풀어 주었습니다. 이렇게 마을 사람들의 화를 풀어 주고 나니 김 서방의 마음속에는 화가 쌓였습니다.

집에 돌아오자마자 김 서방은 아내에게 쩌렁쩌렁 소리를 질렀습니다.

"아침에 소한테 여물을 준 거요, 만 거요? 소가 얼마나 배가 고팠으면 고삐를 풀고 나간단 말이오?"

김 서방의 말을 들은 아내는 마루에 앉아 있던 아들에게 가서 신경질적으로 말했습니다.

"너는 빈둥빈둥 놀면서 소가 뛰쳐나가는 것도 못 봤니?"

그러자 아들이 울먹이며 김 서방을 향해 소리쳤습니다.

"아버지가 소의 고삐를 단단히 매어 두셨으면 이런 일은 없었잖아요?"

"뭐? 이놈이 버릇없이 아버지한테 소리를 지르는 것이냐?"

김 서방은 눈을 ㉠크게 뜨고 다시 한 번 소리를 질렀습니다.

1 마을 사람들이 김 서방에게 화를 낸 까닭을 골라 기호를 쓰세요.

4주 4일
학습 끝!

붙임 딱지 붙여요.

⑦ 김 서방이 소에게 여물을 주지 않아서
④ 김 서방네 소가 동네 논밭을 망쳐 놓아서
㉠ 김 서방의 아들이 동네 소들을 풀어 주어서

(   )

2 다음 중 가장 <u>마지막에</u> 일어난 일은 무엇입니까? (   )

① 김 서방이 아내에게 화를 냈다.
② 김 서방의 아내가 아들을 혼냈다.
③ 소가 고삐를 풀고 외양간을 나갔다.
④ 마을 사람들이 김 서방에게 화를 냈다.
⑤ 김 서방의 아들이 김 서방에게 소리를 질렀다.

3 ㉠의 낱말과 바꾸어 쓸 수 있는 꾸며 주는 말을 보기 에서 **두 가지** 골라 쓰세요.

보기

네모로   동그랗게   가까이   무섭게   부드럽게

(   )

4 꾸며 주는 말을 넣어 이 글을 읽고 느낀 점을 쓰세요.

135

발명하고 싶은 물건 설명하기

★ 천재 화가이자 발명가인 레오나르도 다빈치는 오늘날 우리가 쓰는 기계와 물건들을 많이 발명했어요. 다빈치의 발명 수첩을 보고 알맞은 물건을 보기 에서 골라 쓰세요.

보기

낙하산   탱크   자동차   헬리콥터

제목 빙글빙글 날개 기구
발명하려는 까닭 높은 데서 뛰면 숨이 찬다. 제자리에서 날개를 돌려서 날 수 있는 기구를 만들고 싶다.
특징 날개와 연결된 막대를 돌리면 공중에 뜰 수 있다.

내가 발명한 물건은?

내가 발명한 물건은?

제목 삿갓 모양 대포 차
발명하려는 까닭 전쟁을 할 때 병사들이 많이 죽거나 다친다. 대포를 쏘거나 운전하는 사람을 보호하고 싶다.
특징 삿갓 모양의 장갑으로 가려서 운전하는 사람을 보호하고 대포를 쏠 수 있다.

제목 바람 보자기
발명하려는 까닭 사람은 높은 곳에서 뛰어내리면 죽거나 다친다. 사람들이 안전하게 하늘을 날게 하고 싶다.
특징 천을 피라미드 모양으로 만들어서 공기를 안에 가득 채우면 땅으로 내려올 수 있다.

내가 발명한 물건은?

내가 발명한 물건은?

제목 태엽을 실은 마차
발명하려는 까닭 탈것을 움직일 때는 말이나 소가 끌 수밖에 없다. 스스로 움직이는 편리한 탈것을 만들고 싶다.
특징 바퀴 위에 달린 태엽을 감으면 스스로 움직인다.

주제 탐구

　발명하고 싶은 물건을 소개하는 글에는 발명하려는 물건의 이름, 발명하려는 까닭, 물건의 색깔, 모양, 쓰임, 크기와 같은 특징이 담겨 있습니다. 글쓴이가 발명하려는 물건이 어떤 문제를 해결할 수 있는지 생각하며 글을 읽습니다.

유형 1 발명하려는 까닭 찾기

글쓴이가 생활 속에서 어떤 점을 불편하게 여겨서 발명하려고 하는지 불편한 점을 파악합니다.

1 '내'가 발명을 하려는 까닭은 무엇입니까? (   )

국어

> 내가 좋아하는 음식은 할머니의 된장국입니다. 할머니께서는 내가 감기에 걸리면 맛있는 된장국을 끓여 주십니다. 할머니의 된장국을 먹으면 막힌 코가 뻥 뚫리는 기분이 듭니다.
> 그런데 우리 할머니께서는 텔레비전 리모컨이 어디에 있는지 자주 찾으십니다. 어디에 두었는지 자꾸 잊어버린다고 말씀하십니다. 나는 그런 할머니께 소리 나는 리모컨을 만들어 드리고 싶습니다.

① 옛날 이야기 책을 읽을 때 필요해서
② 감기에 걸려서 아플 때 아픔을 잊으려고
③ 할머니 댁에 놀러 갈 때 선물로 드리려고
④ 할머니께서 된장국을 끓이실 때 필요해서
⑤ 할머니가 리모컨이 있는 곳을 자주 잊어버리셔서

유형 2 물건을 소개할 때 필요한 내용 알기

물건을 소개하는 글에서 물건의 특징과 관계 없는 내용을 찾는 문제입니다.

회전 운동 물체가 중심의 둘레를 일정한 거리를 두고 도는 운동.

2 ㉠~㉤ 중 물건을 소개할 때 필요하지 <u>않은</u> 내용의 기호를 쓰세요. (   )

바슬즐

> '요요'는 내가 좋아하는 장난감입니다. ㉠두 번째로 좋아하는 장난감은 팽이입니다. 요요는 동그란 모양의 플라스틱 두 개가 맞닿아 있고, 그 사이에 줄이 감겨 있습니다.
> ㉡요요를 하는 방법은 먼저 줄을 요요에 감고 줄의 끝부분을 손가락 사이에 걸어 둡니다. 그리고 가만히 요요를 바닥으로 내려놓듯이 던집니다. 그러면 요요가 빙글빙글 돌면서 바닥으로 떨어집니다. ㉢떨어진 요요가 바닥에 닿기 전에 손목에 힘을 주어서 살짝 들어 올립니다. 그러면 줄이 회전 운동을 하면서 다시 요요에 감기며 올라옵니다. ㉣요요는 이렇게 던졌다가 당기기를 반복하는 놀이입니다. ㉤요요를 가지고 놀 때는 너무 세게 던지지 않도록 조심해야 합니다.

3 글쓴이가 발명하고 싶은 물건을 잘 설명했는지 알맞게 말한 친구에 ○표 하세요.

유형 3 글의 내용 평가하기

발명하고 싶은 물건의 특징을 자세하고 알기 쉽게 썼는지 읽는 사람의 입장에서 평가해 보는 문제입니다.

챙 모자 끝에 대서 햇볕을 가리는 부분.
홈 물체에 오목하고 길게 팬 줄.

여름이면 특히 더 맛있는 것이 있습니다. 바로 달콤하고 시원한 아이스크림입니다. 땀이 나고 더울 때 시원한 아이스크림을 한입 먹으면 온몸이 시원해집니다. 또, 바닐라 맛, 딸기 맛, 초코 맛, 바나나 맛, 멜론 맛, 호두 맛 등 다양한 맛을 골라 먹을 수 있어 더 좋습니다.

그런데 한 가지 아쉬운 점이 있습니다. 아이스크림을 먹다 보면 녹아서 흘러내릴 때가 많습니다. 녹은 아이스크림을 혀로 핥아 먹지만 곧 여기저기에서 흘러내립니다. 흘러내린 아이스크림은 손등까지 줄줄 흘러서 손을 끈적이게 만듭니다.

아이스크림은 맛있지만 손이 끈적이는 것은 정말 불편합니다. 그래서 저는 손에 묻지 않는 아이스크림 손잡이를 발명하고 싶습니다. 아이스크림 손잡이에 모자처럼 넓은 챙을 둘러 흘러내리는 아이스크림이 손에 묻지 않게 하는 것입니다. 넓은 챙에는 작은 홈을 만들어서 흘러내린 아이스크림이 바깥으로 흐르지 않고 홈을 따라 다시 안으로 들어가게 만들어 먹지 못하고 버리는 아이스크림이 없게 만들려고 합니다.

(1) 아이스크림을 발명한 까닭을 잘 설명했어.

(2) 손을 잘 닦지 않을 때 생기는 불편한 점을 잘 찾아냈어.

(3) 발명하고 싶은 아이스크림 손잡이의 특징을 자세히 설명했어.

- ●글의 종류 설명하는 글(설명문)

- ●글의 특징 이 글은 글쓴이가 발명하고 싶어 하는 '접히는 공'에 대해 설명하는 글입니다. 발명하고 싶은 까닭과 물건의 특징이 잘 드러나 있습니다.

- ●중심 내용
1문단 공놀이를 하려고 공을 학교에 가지고 감.
2문단 떨어뜨린 공이 도로로 굴러가서 지나가던 아저씨가 공을 주워 주심.
3문단 둥근 공은 가지고 다니기 불편하고 잘 굴러가서 잃어버리기 쉬움.
4문단 가지고 다니기 편리하게 텐트처럼 접히는 공을 발명하고 싶음.

- ●낱말 풀이
텐트 산, 들, 물가에서 쉴 때 눈, 비, 바람 등을 막기 위해 기둥을 세우고 천으로 집처럼 지어 놓은 것.

㉠

친구들과 하는 공놀이는 참 재미있습니다. 그래서 아침에 학교에 갈 때면 공을 들고 갈 때가 있습니다. 점심시간이나 수업이 끝나면 운동장에서 공놀이를 하기 위해서입니다.

그런데 오늘 아침에 공을 들고 나오다가 큰일 날 뻔했습니다. 손에서 공을 떨어뜨려 공이 데굴데굴 굴러 도로까지 굴러간 것입니다. 나는 달리는 차들 때문에 공을 주울 수 없어 발을 동동 굴렀습니다. 다행히 금세 빨간 신호로 바뀌어 지나가던 아저씨께서 안전하게 공을 주워 주셨습니다.

공은 둥근 모양이라서 가지고 다니기 불편할 때가 많습니다. 둥근 모양 때문에 가방에 잘 들어가지 않고, 겨우 넣으면 가방이 볼록해져서 메기에 불편합니다. 공 모양의 가방에 넣거나 그대로 손에 들고 가야 합니다. 그리고 실수로 떨어뜨리면 잘 굴러가기 때문에 공을 잃어버리기도 쉽습니다. 그래서 저는 새로운 모양과 성질을 가진 공을 발명하고 싶습니다.

제가 만들고 싶은 것은 바로 접히는 공입니다. 텐트 중에는 납작하게 접혔던 텐트를 바닥에 던지면 한 번에 펴지는 것도 있습니다. 공도 잘 늘어나는 재료로 만들어 텐트처럼 앞뒤로 납작하게 접었다가 쓸 때만 바닥에 던져 펼쳐지게 만드는 것입니다. 이렇게 접히는 공을 만들면 가방 속에 넣거나 손에 들고 다니기도 아주 편리할 것입니다.

⑦에 들어갈 글의 제목으로 알맞은 것은 무엇입니까? (   )

① 공놀이　　　　　② 점심시간　　　　　③ 접히는 공

④ 고마운 아저씨　　　⑤ 공을 떨어뜨린 일

4주 5일
학습 끝!

붙임 딱지 붙여요.

2
이해

글쓴이가 물건을 발명하고 싶은 까닭에 ○표 하세요.

(1) 운동장에서 공놀이를 하기 위해서　　　　　　　　　(　　　)

(2) 바닥에 던지면 한 번에 펴지게 하려고　　　　　　　(　　　)

(3) 가방 속에 넣거나 들고 다니기 편리하게 하려고　　(　　　)

3
추론

글쓴이가 발명하고 싶은 물건의 특징을 두 가지 골라 기호를 쓰세요.

> ㉮ 접히지 않아 단단하다.
> ㉯ 들고 다니기 편리하다.
> ㉰ 접히는 텐트처럼 납작하게 접힌다.
> ㉱ 잘 늘어나지 않은 재료로 만들어 튼튼하다.

(　　　　　　　)

4
비판

이 글을 읽은 느낌으로 알맞지 않은 친구에 ○표 하세요.

(1) 발명하고 싶은 까닭을 자세하게 잘 썼어.

(2) 발명하고 싶은 물건의 특징을 쓰지 않았어.

(3) 발명하고 싶은 물건에 알맞은 제목을 쓰지 않았어.

눈과 마음으로 읽기

 책을 읽을 때 소리를 내지 않고 눈으로만 읽는 것을 '묵독'이라고 해요. 도서관 같은 여럿이 모인 장소에서 책을 읽을 때 다른 사람에게 방해가 되지 않는 읽기 방법이에요. 문장과 글을 눈으로 따라가면서 머릿속으로는 장면을 떠올리며 읽어요.

눈과 마음으로 읽기

묵독은 도서관과 같이 여러 사람이 모인 장소에서 다른 사람을 방해하지 않고 책을 읽어야 할 때나 깊이 있는 생각이 필요한 연구 논문 또는 전문 서적을 읽을 때 알맞은 독서 방법이에요.

초등학교에 입학하기 전이나 초등학교 저학년 때는 묵독을 하고 싶어도 잘 되지 않을 때가 많아요. 그러나 걱정하지 마세요. 독서를 많이 하다 보면 저절로 묵독하는 습관이 붙게 된답니다.

묵독을 하면 눈이 피로하지 않고 오랜 시간 동안 독서를 할 수 있어요. 그래서 대개 긴 동화나 소설, 또는 어떤 연구를 위해서 책을 읽을 때는 눈으로 읽는 묵독이 가장 효과적이지요.

● 다음 글을 읽으면서 함께 묵독을 연습해 볼까요?

어느 날 여우가 두루미를 저녁 식사에 초대했습니다. 두루미는 신이 나서 여우네 집에 겅중겅중 뛰어갔습니다.

그런데 여우가 준비한 음식은 모두 납작한 접시에 담겨 있어서 뾰족한 부리를 가진 두루미는 아무것도 먹을 수 없었습니다.

여우는 먹지 못하는 두루미의 것까지 모두 먹어 치웠습니다. 두루미는 화가 났지만 꾹 참고 꾀를 내었습니다.

첫째 눈으로 글자를 읽고 속으로 소리를 내면서 글을 읽어 보세요.
둘째 문장을 따라 읽어 가면서 어떤 장면이 떠오르는지 마음 속으로 생각해 보세요. 그러면 오른쪽 그림처럼 장면을 생각하며 읽을 수 있어요.
셋째 이 글이 익숙해지면 이 이야기를 찾아 전체 글을 읽어 보세요. 자신감이 생기면 점점 더 긴 글도 읽을 수 있답니다.

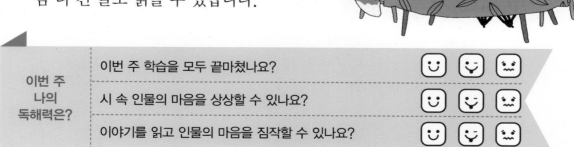

이번 주 나의 독해력은?	이번 주 학습을 모두 끝마쳤나요?	☺ ☺ ☹
	시 속 인물의 마음을 상상할 수 있나요?	☺ ☺ ☹
	이야기를 읽고 인물의 마음을 짐작할 수 있나요?	☺ ☺ ☹

세 마리 **토**끼 잡는

초등 **독해력**

정답 및 풀이

쪽수를 잘 보고 정확한 정답과
자세한 풀이를 만나 보세요.

★ 다트판에서 세 친구의 표정에 알맞은 마음을 나타내
는 말을 찾아 빈칸에 씁니다. 각 낱말이 나타내는 점
수도 계산하여 씁니다.

1. ㉡, ㉣   2. ③   3. (2) ◯

1. 비가 내려서 축구를 할 수 없어 속상한 글쓴이의 마음
(㉡)과 그때의 생각(㉣)을 말한 부분을 찾습니다.
2. 나는 재롱을 잘 부리는 봄이를 보면서 행복한 마음이
들었을 것입니다.
3. 넷째는 세 형과는 달리 물고기를 한 마리도 잡지 못해
속상했습니다.

1. ③   2. ㉣, ㉢, ㉮, ㉯   3. (1) ③ (2) ② (3) ①
4. (2) ◯

1. '나'는 가족들과 야구장에 갔습니다.
2. '나'는 야구 시작 전 아빠와 캐치볼을 하고(㉣) 야구
장에 들어가서 선수들이 연습 운동하는 모습을 보았
습니다.(㉢) 경기가 시작된 후 우리 팀이 홈런을 쳤고
(㉮) 경기에서 이겼습니다.(㉯)
3. 아빠가 칭찬해 주셨을 때는 '자랑스러운 마음', 공이
날아올 때는 '두려운 마음', 우리 팀이 이겼을 때는 '기
쁜 마음'이 들었습니다.
4. '나'는 아빠께 칭찬도 받고 우리 팀이 경기에 이겨서
신나는 마음이 들었습니다.

★ 세 이야기에서 일어난 일과 인물이 처한 상황을 살펴
보고 인물에게 알맞은 마음을 고릅니다. 흥부는 아내
와 아이들이 굶주릴까 봐 걱정하고 있고, 벌거벗은 임
금님은 아첨하는 사람들의 말에 행복해하고 있습니
다. 또, 나무 위의 오누이는 호랑이가 쫓아올까 봐 두
려워하고 있습니다.

1. ㉤   2. ③   3. (1) ② (2) ①

1. '기분이 좋았습니다.'처럼 글쓴이의 마음이 나타난 부
분을 찾습니다.
2. 생일이 특별한 까닭, 밖을 내다보는 행동에서 아빠를
기다리는 나의 마음을 짐작할 수 있습니다.
3. 엄마께 대답하지 않는 윤희는 엄마와 헤어지기 싫어
합니다. 또, 다음 명절까지 엄마를 보지 못한다는 슬
픔에 눈물이 그치지 않았습니다.

1. ③   2. ④   3. (1) 신나는 마음 (2) 미안한 마음
4. (2) ◯

1. ①, ②, ④, ⑤는 글에서 일어난 일이 아닙니다.
2. ㉠은 동우가 배드민턴공을 되찾기 위해 애쓰는 민우
를 위로하려고 한 말입니다.
3. 진우는 배드민턴 경기가 달아올라 신나는 마음이었다
가 동우의 공을 잃어버려 미안한 마음이 들었습니다.
4. 동우의 배드민턴 공을 잃어버려 미안한 마음이 든 진
우와 비슷한 경험을 찾습니다. 이와 비슷한 경험은 친
구의 우산을 망가뜨려서 미안한 마음이 든 일입니다.

1주 24~25쪽 개념 톡톡

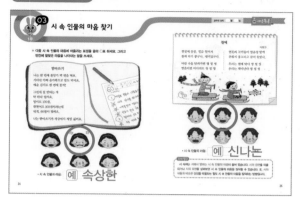

★ 시를 읽고 시에서 말하는 시 속 인물의 마음을 짐작해 알맞은 표정을 고릅니다. 그리고 알맞은 낱말을 떠올려 마음을 표현합니다. 두 시에서 시 속 인물들은 각각 받아쓰기 시험 점수가 나빠서 속상하고, 썰매를 타서 신나는 마음입니다.

1주 26~27쪽 독해력 활짝

1. 팽이 2. ④ 3. (2) ○

1. 이 시에서 시 속 인물은 팽이를 돌리며 팽이에게 힘을 내라고 말하고 있습니다.
2. 이사 가는 날 자꾸만 뒤를 돌아보는 시 속 인물의 모습에서 섭섭한 마음을 읽을 수 있습니다.
3. 이 시에서 시 속 인물은 가족과 함께 즐거운 소풍을 갔습니다. 이와 비슷한 경험은 어린이날 온 가족이 동물원에 갔던 일입니다.

1주 28~29쪽 독해력 쑥쑥

1. ① 2. 행복한 마음 3. ② 4. (1) ○

1. 이 시에서 '나'는 혼자 해를 친구 삼아 떡볶이를 먹고 있습니다.
2. 해를 친구 삼아 입과 눈이 '호호호' 할 정도로 맛있는 떡볶이를 먹는 '나'의 모습에서 행복한 마음을 짐작할 수 있습니다.
3. '잠을 자려고 누우면~눈이 말똥말똥해진다.'에서 시 속 인물의 설레는 마음을 짐작할 수 있습니다.
4. ㈏의 시 속 인물은 소풍 전날 밤 설레는 마음에 잠들지 못하고 있습니다. 이와 비슷한 경험은 새 옷을 입고 여행 갈 생각에 가슴이 두근거린 일입니다.

1주 30~31쪽 개념 톡톡

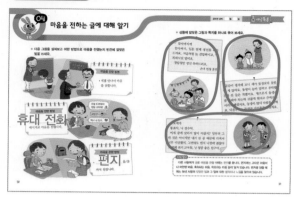

★ 두 번째 그림은 휴대 전화 문자 메시지, 세 번째 그림은 편지로 마음을 전하는 방법입니다. 쪽지의 내용에 알맞은 그림을 골라 한데 묶습니다.

1주 32~33쪽 독해력 활짝

1. ③ 2. (1) ㉠ (2) ㉡, ㉢ 3. ④

1. '생일 축하해.' 등의 표현에서 성진이가 전하려는 마음을 알 수 있습니다.
2. 미희는 진규에게 ㉠의 일에 대해 미안한 마음을 전하려고 합니다. ㉡, ㉢은 ㉠의 일에 대한 미희의 생각입니다.
3. 글쓴이가 이 글을 쓴 까닭은 '친구와 싸우고~쓰지 않겠습니다.' 부분에 나타나 있습니다.

1주 34~35쪽 독해력 쑥쑥

1. ① 2. ㉡, ㉢ 3. 미안한 4. (3) ○

1. ①은 이 글에 나타나지 않은 내용입니다.
2. ㉠~㉣ 중 '미안해', '잘못했어.'처럼 마음을 나타내는 말이 들어 있는 표현을 찾습니다.
3. 명지는 아무 생각 없이 채현이 몸무게를 반 아이들에게 말한 일에 대해 미안한 마음을 전하려고 쪽지를 썼습니다.
4. 명지가 잘못을 깨닫고 사과 쪽지를 쓴 것은 잘한 일입니다. (1) 마음을 전할 때 꼭 직접 전할 필요는 없습니다. (2) 명지와 반 아이들 모두 채현이의 마음을 생각하지 않았으므로 사과해야 합니다.

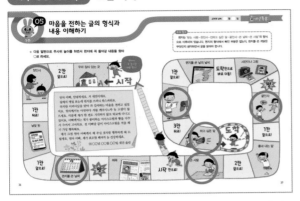

1주 36~37쪽 개념 톡톡

★ 말판에 있는 내용 중 '받는 사람 – 첫인사 – 전하고 싶은 말 – 끝인사 – 쓴 날짜 – 쓴 사람' 등 편지의 형식을 찾습니다.

1주 38~39쪽 독해력 활짝

1. ② 2. (가), (라), (다) 3. ②

1. 편지에서 받는 사람과 전하고 싶은 말 사이에는 '첫인사'가 들어가야 합니다.
2. 받는 사람과 쓴 사람 사이에는 '첫인사–전하고 싶은 말–끝인사'의 순서가 되어야 합니다.
3. 연희가 할머니께 편지를 쓴 까닭은 '얼마 전~축하해 드리고 싶었어요.'에 나타나 있습니다.

1주 40~41쪽 독해력 쑥쑥

1. 민영, 지나 2. ③ 3. (1) ② (2) ③ (3) ① 4. ③

1. 받는 사람과 쓴 사람을 확인합니다. 이 글은 민영이가 지나에게 쓴 편지입니다.
2. 민영이가 편지를 쓴 까닭은 '부디 네가~함께 보냈으면 좋겠다.'에 잘 나타나 있습니다.
3. 전하고 싶은 말을 중심으로 첫인사는 앞부분에, 끝인사는 뒷부분에 들어 있습니다.
4. 이 편지에 쓴 사람은 있지만 쓴 날짜는 없습니다.

2주 44~45쪽 개념 톡톡

★ 당나귀를 팔려고 나선 아버지와 아들의 이야기에서 하루의 때를 나타내는 말을 찾습니다. 이른 새벽, 해가 떠오를 무렵, 점심때, 해가 질 무렵, 저녁에 각각 서로 다른 일을 했습니다.

2주 46~47쪽 독해력 활짝

1. 아침(에), 점심때 2. ⑤ 3. (1) 4 (2) 1 (3) 3 (4) 2

1. 형제가 금덩이를 발견했을 때와 장사를 끝내고 다시 강을 건넜을 때를 알려 주는 말을 찾습니다.
2. 박씨가 커다란 박이 될 때까지의 순서를 알려 주는 말을 찾습니다.
3. '어느 날 점심 무렵, 해가 질 때, 이튿날 아침' 등 시간을 나타내는 말을 찾으면 이야기의 순서가 (2)→(4)→(3)→(1)임을 알 수 있습니다.

2주 48~49쪽 독해력 쑥쑥

1. ③ 2. (1) ③ (2) ② (3) ① 3. 세 4. (2) ○

1. 세 딸이 모두 한 뼘씩 줄여서 아버지의 바지가 짧아졌습니다.
2. 점심을 먹은 다음 아버지가 바지를 한 뼘만 줄여 달라고 딸들에게 부탁하였습니다. 저녁에는 큰 딸이, 밤에는 둘째 딸과 셋째 딸이 바지를 한 뼘씩 줄였습니다.
3. 세 딸이 바지를 한 뼘씩 줄였기 때문에 모두 세 뼘이 줄었습니다.
4. 한 뼘만 줄여야 하는 바지를 세 뼘이나 줄였으므로, 아버지는 짧은 바지를 입고 있는 모습입니다.

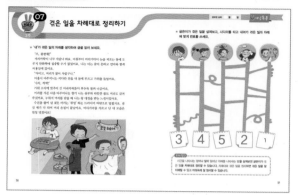

★ '나'는 머리카락이 눈을 찔러 미용실에 갔습니다. 이후 머리 자르기, 머리 감기, 머리 말리기 등의 머리 손질을 했습니다. 사다리를 타면서 '나'가 겪은 일의 차례를 찾습니다.

2주 52~53쪽 독해력 활짝

1. ② 2. (1) 3 (2) 4 (3) 1 (4) 2 3. ④

1. '나'가 겪은 일을 차례대로 정리하면, ①→③→⑤→④→②의 순입니다.
2. 마젤란이 항해를 떠난 후부터 필리핀에 도착할 때까지 겪은 일의 차례는 (3)→(4)→(1)→(2)의 순입니다.
3. ④는 태호가 잘하는 것으로, 차례를 알려 주는 낱말이 아닙니다. 이어달리기 반 대표로 뽑힌 일, 태호가 몸을 푼 일 등 태호가 겪은 일을 알려 주는 낱말은 ①, ②, ③, ⑤입니다.

2주 54~55쪽 독해력 쑥쑥

1. ③ 2. ㉡ 3. (1) 4 (2) 1 (3) 2 (4) 3 4. 예 내가 아플 때 걱정해 주고 보살펴 주셔서 고맙습니다.

1. ③은 이 글에 나타나지 않았습니다.
2. ㉡은 시간을 나타내는 말이 아닙니다. 나머지는 하루 중의 때를 나타내는 말입니다.
3. '나'가 겪은 일은 (2)→(3)→(4)→(1)의 순입니다.
4. 선생님, 호영이, 엄마, 할머니 등 고마운 사람들에게 마음을 전할 때에는 '고맙습니다.'와 같은 표현을 사용해서 마음을 전해야 합니다.

★ 짚신이 없었지만 짚신을 가지게 된 나그네의 말에는 3→2→4→1의 장면이 어울립니다. 반면 튼튼한 짚신이 있었지만 짚신을 잃어버린 나그네의 말에는 1→2→4→3의 장면이 어울립니다.

2주 58~59쪽 독해력 활짝

1. 1980년 5월 18일 2. ① 3. ㉰, ㉯, ㉮

1. 세인트헬렌스산이 폭발한 일이 언제 일어났는지 찾아 씁니다.
2. ①~⑤를 이 글에서 일이 일어난 순서대로 정리하면 ①→③→②→⑤→④입니다.
3. 유관순은 서울에서 3·1 운동에 참가했고(㉮) 이를 고향 사람들에게 알렸습니다. 유관순은 고향에서도 독립 만세 운동을 벌였고,(㉯) 감옥에서까지 '대한 독립 만세'를 외쳤습니다.(㉰)

2주 60~61쪽 독해력 쑥쑥

1. ④ 2. ㉣ 3. ㉮, ㉰, ㉯ 4. ②

1. 내가 민재와 넘어졌을 때 아이들은 몰려들었지만 나를 놀리지는 않았습니다.
2. ㉣은 일의 차례를 나타내는 표현이 아니라 '어떤 시일이나 시간이 지난 뒤'를 뜻하는 말입니다.
3. 이 글에서 나는 누군가에 밀려 휘청이다(㉮) 민재의 몸 위로 넘어졌다 일어났습니다.(㉰) 이 일로 나는 선생님께 불려 가서 울음이 터졌습니다.(㉯)
4. 나는 함께 넘어진 민재에게 미안하고 자신의 탓도 아닌데 선생님께 불려 간 일이 속상해서 눈물이 나왔습니다.

2주 62~63쪽 개념 톡톡

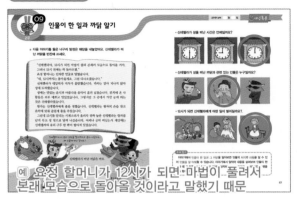

예 요정 할머니가 12시가 되면 마법이 풀려서 본래 모습으로 돌아올 것이라고 말했기 때문

★ 신데렐라는 12시를 알리는 종이 울리자 요정 할머니의 마법이 풀릴까 봐 유리 구두 한 짝을 남기고 급히 성을 떠났습니다.

2주 64~65쪽 독해력 활짝

1. (1) ㉠, ㉢ (2) ㉡, ㉣ 2. ③ 3. (2) ○

1. ㉠은 권 판서댁 하인들이 한 일이고, ㉡은 하인들이 한 일에 대한 까닭입니다. ㉢은 오성이 한 일이고, ㉣은 오성이 한 일에 대한 까닭입니다.
2. ㉠의 까닭은 ㉠의 뒷부분에 나타나 있습니다. 가난했던 링컨은 책을 빌려 공부하려고 친구 집에 갔습니다.
3. 마지막 부분에 호랑이가 곶감을 무서워하는 모습이 나타나 있으므로, 호랑이의 마음으로 알맞은 것은 (2)입니다.

2주 66~67쪽 독해력 쑥쑥

1. ㉤ 2. ② 3. 대장장이, 구두장이 4. (2) ○ 5. ③

1. ㉤은 진짜 늑대가 나타나서 한 말입니다.
2. 양치기 소년이 거짓말을 한 까닭은 '혼자 양을~거짓말을 했던 거예요.'에 나타나 있습니다.
3. '-장이'는 직업을 나타냅니다. '대장장이'는 대장간의 일을 하는 사람입니다. '구두장이'는 구두를 만들거나 고치는 일을 합니다.
4. 마을 사람들은 양치기 소년이 또 거짓말을 한다고 생각해서 양치기 소년을 도우러 가지 않았습니다.
5. 양치기 소년은 거짓말 때문에 정작 늑대가 나타났을 때 도움을 받을 수 없었습니다. 이를 통해 ③의 교훈을 얻을 수 있습니다.

2주 68~69쪽 개념 톡톡

★ 친구가 설명하는 물건의 특징에 해당하는 것을 여러 개 찾아보면서 점점 개수를 좁혀 봅니다. 그리고 폈다 접었다 할 수 있으며 비 오는 날에 쓸 수 있는 물건이 무엇인지 빈칸에 씁니다.

2주 70~71쪽 독해력 활짝

1. (3) ○ 2. ③ 3. ④

1. 제목에서 찾는 모자의 색깔과 크기 등 모자의 생김새와 특징을 설명할 것임을 알 수 있습니다.
2. 이 글은 세포의 개수와 하는 일 등 우리 몸을 이루는 세포에 대해 설명하고 있습니다.
3. 마지막 부분에서 도서관에서 읽던 책은 정해진 규칙에 따라 빌려 갈 수 있다고 하였습니다.

2주 72~73쪽 독해력 쑥쑥

1. ⑤ 2. (1) ○ 3. ①, ④ 4. ㉲

1. 원시인들은 멧돼지뿐 아니라 들소, 산양 등의 동물 그림을 그렸습니다.
2. 이 글은 원시인들이 동굴 벽에 그렸던 그림에서 그림이 시작되었다고 하는 내용을 설명한 글입니다.
3. 원시인들이 동굴 벽에 그림을 그린 까닭은 2, 3문단에 나타나 있습니다. 원시인들은 자신이 잡고 싶은 짐승을 그려 사냥에 성공하게 해 달라고 빌기 위해 그림을 그렸습니다. 또 동굴에서 심심할 때 재미 삼아 그림을 그렸습니다.
4. 원시인들이 동굴 벽에 그린 그림으로 알맞은 것은 ㉲입니다. ㉰는 고흐의 「별이 빛나는 밤에」, ㉱는 김홍도의 「논갈이」입니다.

★ 망건, 코 위의 점, 하늘색 저고리와 분홍색 바지, 짚신 그림을 골라 ○표 합니다. 장터에서도 이런 생김새를 가진 혹부리 영감을 찾습니다.

3주 80~81쪽 독해력 활짝

1. ㉰ 2. ② 3. (2) ○

1. 전학 온 소년의 생김새는 '경기도 용인이란~밴 소년 이었습니다.'에 나타나 있습니다.
2. 거인이 정원에서 놀던 아이들에게 화를 내고 있으므로, ②의 장면을 떠올릴 수 있습니다.
3. 까치는 할머니가 옷을 지어 주는 게 기뻐서 겅정겅정 뛰어 돌아다녔습니다. 이를 몸짓으로 표현한 친구는 (2)입니다.

3주 82~83쪽 독해력 쑥쑥

1. ① 2. ④ 3. (2) ○ 4. ㉮

1. 닐스는 놀잇거리를 찾다가 나무 상자 안에서 요정을 보았습니다.
2. 요정이 든 잠자리채를 돌리던 닐스가 정신을 잃은 다음 다시 깨어나자 닐스의 몸이 작아졌습니다.
3. (2)는 요정이 잠자리채에 있는 닐스를 돌리는 모습으로, 이 글의 내용에서 떠올릴 수 없습니다.
4. 마지막 부분에 나타난 동물들의 말에서 닐스가 평소에 동물들을 괴롭혔다는 것을 알 수 있습니다.

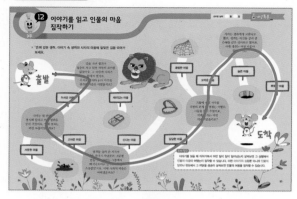

★ 사자의 꼬리를 밟은 생쥐와 생쥐를 용서한 사자의 마음을 짐작하며 길을 따라갑니다. 사냥꾼의 그물에 걸린 사자와 그물을 끊어 준 생쥐의 마음으로 알맞은 마음을 찾습니다.

3주 86~87쪽 독해력 활짝

1. ④ 2. ⑤ 3. (3) ○

1. 동물들이 목동의 피리 소리만 칭찬해서 당나귀는 못마땅한 마음이 들었습니다.
2. 세라는 주운 동전으로 빵을 사서 가난한 소녀에게 나누어 주는 착한 행동을 했습니다.
3. ㉠에서 성냥팔이 소녀가 선물을 받는 아이들을 부러워하는 마음과 돌아가신 어머니를 그리워하는 마음을 읽을 수 있습니다.

3주 88~89쪽 독해력 쑥쑥

1. ② 2. 검은 소 3. (1) ③ (2) ① (3) ② 4. 산신령

1. '새어머니는 콩쥐에게~매라고 했습니다.'에 새어머니가 시킨 일이 나타나 있습니다.
2. 나무 호미가 부러져 콩쥐가 울고 있을 때 하늘에서 검은 소가 내려와 밭을 매 주었습니다.
3. 콩쥐는 처음에 나무 호미로 돌밭을 갈 수 있을지 걱정하다가 나무 호미가 부러지자 속상한 마음이 들었습니다. 그리고 자기 대신 밭을 매 준 검은 소에게 고마운 마음이 들었습니다.
4. 이 글에서 검은 소는 주인공을 도와줍니다. 주어진 글에서 농부를 도와주는 인물은 '산신령'입니다.

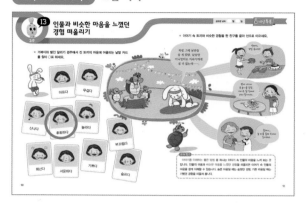

3주 90~91쪽 개념 톡톡

★ 거북이와 벌인 달리기 경주에서 진 토끼는 자신의 행동을 후회하고 있습니다. 토끼와 비슷한 경험을 떠올린 친구는 집 안에서 공놀이를 하다가 액자를 깨고 후회하는 친구입니다.

3주 92~93쪽 독해력 활짝

1. ⑤ 2. (2) ○ 3. (1) ② (2) ①

1. 마야는 위험을 무릅쓰고 넓은 세상을 구경하겠다는 용기 있는 마음을 가지고 있습니다.
2. 문도령은 물을 떠 준 자청비의 친절에 고마운 마음을 가지고 있습니다. 이와 비슷한 고마운 마음이 든 경험은 (2)입니다.
3. 정직한 나무꾼과 비슷한 경험은 방학 숙제를 잘해서 칭찬받은 일입니다. 반면 욕심 많은 나무꾼과 비슷한 경험은 엄마께 꾸중을 들은 일입니다.

3주 94~95쪽 독해력 쑥쑥

1. ① 2. (3) ○ 3. ④ 4. ㉰

1. 해님과 바람은 누가 더 힘이 센지에 대해 말다툼을 하고 있습니다.
2. ㉠의 다음 문장에 바람이 그렇게 말한 까닭이 들어 있습니다.
3. ㉡에서 해님은 바람이 자신보다 힘이 세다고 자꾸 우겨서 답답한 마음이 들었을 것입니다.
4. 바람과 해님은 서로 대화가 풀리지 않아서 답답한 마음입니다. 따라서 이와 비슷한 경험을 말한 것은 수학 문제 때문에 답답한 마음이 든 치훈입니다.

3주 96~97쪽 개념 톡톡

★ 이야기에서 시간을 나타내는 말을 찾아 이야기의 차례를 정리합니다. 동생에게 있었던 전날의 일과 형에게 있었던 다음 날 일의 차례를 정합니다.

3주 98~99쪽 독해력 활짝

1. ③ 2. (2) ○ 3. (1) 2 (2) 1 (3) 3 (4) 4

1. 이 글에서 시간을 나타내는 말은 '이른 아침'입니다.
2. (1)~(4)를 이야기의 차례대로 정리하면, (1)→(4)→(3)→(2)입니다.
3. (2) 농부의 집 마당에 거위가 나타났는데 (1) 매일 황금 알을 하나씩 낳았습니다. (3) 그 결과 농부 부부는 부자가 되었습니다. (4) 그러자 부부는 욕심이 생겨 거위의 배를 가르려고 하였습니다.

3주 100~101쪽 독해력 쑥쑥

1. ③ 2. 포도 3. ㉣ 4. (1) ○

1. 아버지는 세 아들에게 땅에 묻어 놓은 보물 상자를 찾아보라고 하셨습니다.
2. ㉠은 세 아들이 열심히 일한 끝에 포도밭에서 거두어들인 포도를 빗댄 표현입니다. 아버지가 포도밭에 묻혀 있다고 한 보물 상자는 포도였습니다.
3. ㉮~㉣를 이야기의 차례대로 정리하면 ㉣→㉮→㉯→㉰입니다.
4. 아버지가 이 땅에 보물 상자가 있다고 말씀하신 것은 세 아들을 깨우쳐 주기 위한 것이므로, (1)은 이 글을 읽고 난 생각이나 느낌으로 알맞지 않습니다.

★ '고마워요'와 같은 표현에서는 고마운 마음을, '미안해'에서는 미안한 마음을 짐작할 수 있습니다. '괜히 많이 먹었다고 생각했다.'에서는 후회하는 마음을, '재미있었다.'에서는 신나는 마음을 짐작할 수 있습니다.

1. ⓒ 2. ③ 3. (2) ○

1. '너무 답답해서'와 같은 표현에 글쓴이의 마음이 드러나 있습니다.
2. '나'는 동생 재호가 과자 봉지를 뺏으려고 하고 형이 밀었다고 거짓말을 하자 동생에게 화가 났습니다.
3. '나'는 할머니 댁에서 고구마의 뿌리가 우리가 먹는 고구마라는 것과 고구마 꽃에 대해 알게 되어 신기한 마음이 들었습니다. 이와 비슷한 마음을 느낀 경험은 (2)입니다.

1. ③ 2. ㉯ 3. ⑤ 4. (2) ○

1. '나'는 메추리 새끼가 알에서 나오는 장면을 본 일을 일기로 썼습니다.
2. ㉮와 ㉯는 글쓴이가 한 일이고, ㉰는 엄마께서 하신 일입니다.
3. '나'가 '안절부절못했다'는 데서 메추리 새끼를 걱정하는 마음을 알 수 있습니다.
4. '나'는 메추리 새끼가 태어나 펄쩍펄쩍 뛸 정도로 기분이 좋았습니다. 이와 같은 마음을 느낀 경험을 떠올린 것은 (2)입니다.

★ 시의 '언제나 너를 따라 함께 노는 나'에서 말하는 이가 그림자라는 것을 알 수 있습니다. 네가 외로울까 봐 친구가 되어 놀아 주는 나의 마음을 느껴 봅니다.

1. ⓒ, ⓜ 2. ① 3. (3) ○

1. 나는 엄마하고 있을 때 기분이 좋고 편안하기 때문에 말이 술술 나오고(ⓒ) 자면서도 웃을 정도로 행복합니다.(ⓜ)
2. 이 시의 시 속 인물은 빨리 소풍을 가고 싶어서 내일이 오기를 기다리고 있습니다.
3. 이 시에서 '나'는 옛날 사진 속 나를 닮은 아기가 아빠라는 것을 알게 되어 신기했습니다. 이와 비슷한 경험을 떠올린 것은 (3)입니다.

1. ② 2. 그냥, 좋아, 왜 3. ② 4. (1) ○

1. ㉠의 내용으로 보아, 아이가 엄마께 묻는 말입니다.
2. 이 시에서는 '엄마, 그냥, 왜, 좋아'가 두 번씩 반복됩니다.
3. 엄마는 '나'에게 아무 이유 없이 그냥 사랑을 베풀어 주십니다. 그래서 이런 엄마의 사랑을 받는 '나'는 행복한 마음이 들 것입니다.
4. '나'는 아무 이유 없이 베푸는 엄마의 사랑을 받아 행복해하고 있습니다. 이와 비슷한 경험을 떠올린 친구는 (1)입니다.

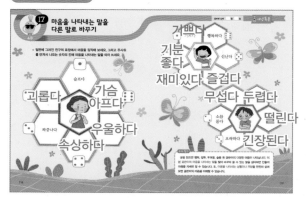

★ 첫 번째 친구는 슬픈 표정, 두 번째 친구는 신나고 행복한 표정, 세 번째 친구는 오싹하고 소름 돋는 표정을 하고 있습니다. 이와 비슷한 마음을 나타내는 말을 따라 씁니다.

1. ③ 2. ④ 3. (1) ① (2) ③ (3) ②

1. '나는 술래에서~결국 울고 말았습니다.'에 글쓴이가 슬픈 마음이 들었던 까닭이 나타나 있습니다.
2. 웃음이 나오려는 것을 참는 데서 글쓴이가 기분 좋다는 것을 알 수 있습니다.
3. 엄마와 동생을 기다리는 지겨운 마음은 '지루했어요.'와 바꾸어 쓸 수 있습니다. 동생이 낫지 않아 속상한 마음은 '안타까웠어요.'로, 동생을 걱정하는 마음은 '염려되었어요.'로 바꾸어 쓸 수 있습니다.

1. 한글 박물관 2. ④ 3. ㉰ 4. 뿌듯했습니다. 5. ②

1. 부모님과 이번 주에 간 곳은 처음 부분에 나타나 있습니다.
2. ㉠에는 '내'가 앞마당에서 놀고 싶었는데 아빠가 잡아끄셔서 못마땅했던 마음이 드러나 있습니다.
3. 내가 가장 인상 깊게 느낀 점은 '한글 박물관을~문자라는 것이었습니다.'에 나타나 있습니다.
4. 바꾸어 써도 흐름이 자연스러운 것을 찾습니다.
5. '나'는 과학적이고 쉬운 문자인 한글을 만들어 주신 세종 대왕에게 고마운 마음을 가지고 있습니다.

★ 비 오는 날 엄마의 무덤 앞에서 청개구리가 운 것은 무덤이 떠내려갈까 봐 걱정하는 마음 때문입니다. 어두운 동굴에 혼자 갇힌 알라딘은 무섭고 답답한 마음이 들었을 것입니다.

1. ㉣ 2. ② 3. (2) ○

1. 아버지의 마음은 마지막 문장에 나타나 있습니다.
2. 사자는 먹이를 구하러 나갔다가 사냥꾼의 그물에 걸려 괴롭고 분한 마음이 들었습니다.
3. 세 마리 소를 잡아먹지 못해 사자의 마음은 답답했습니다. 그러나 세 마리 소가 따로 있자 모두 잡아먹을 수 있어 즐거웠습니다.

1. ④ 2. (1) 3 (2) 1 (3) 2 3. ⑤ 4. 예 마귀 대왕을 생쥐로 변하게 해서 물리치다니, 넌 꾀가 많고 똑똑한 고양이야.

1. 장화 신은 고양이는 마귀 대왕에게 요술을 보여 달라고 했습니다.
2. 장화 신은 고양이가 마귀 대왕에게 요술을 부탁하자 마귀 대왕이 사자와 생쥐로 변했습니다.
3. 마귀 대왕은 선물을 받는다는 말에 즐거웠다가 자신의 요술을 의심하자 화가 났습니다.
4. 〈서술형〉 ❶ 장화 신은 고양이가 꾀로 마귀 대왕을 물리친 일을 파악합니다. ⇨ ❷ 장화 신은 고양이의 행동을 보고 떠오른 생각이나 하고 싶은 말을 씁니다.

★ 그림을 보고 둘 중 그림의 상황에 어울리는 꾸며 주는 말을 찾습니다. 문장에서 뒤에 오는 말을 살펴 그 뜻을 자세하게 설명해 주는 말을 찾습니다.

★ 그림을 살펴보고 제목과 발명하려는 까닭, 특징에서 다빈치가 발명한 물건을 찾아 씁니다. 다빈치가 발명한 물건에는 헬리콥터, 탱크, 낙하산, 자동차 등이 있습니다.

4주 132~133쪽 독해력 활짝

1. ㉢ 2. ③ 3. (2) ○

1. ㉢은 움직임을 나타내는 말입니다.
2. ㉡은 천둥소리를 표현한 부분입니다. 따라서 크게, 시끄럽게, 요란하게 등이 어울립니다.
3. ㈎, ㈏는 어미 소가 송아지와 이별하는 것을 알고 슬퍼하는 장면입니다. '주르륵'과 같은 꾸며 주는 말을 넣어 이 글에 대한 느낀 점을 알맞게 표현한 것은 (2)입니다.

4주 134~135쪽 독해력 쑥쑥

1. ㈏ 2. ⑤ 3. 동그랗게, 무섭게 4. 예 가족끼리 잘못을 미루면 사이가 점점 나빠진다는 것을 느꼈다.

1. 마을 사람들이 김 서방에게 화를 낸 까닭은 글의 처음 부분에 나타나 있습니다.
2. 이 글에서 일이 일어난 순서는 ③→④→①→②→⑤입니다.
3. ㉠은 '뜨고'를 꾸며 주는 말로 눈을 크게 뜬 상황을 표현합니다. 따라서 '동그랗게, 무섭게' 등과 바꾸어 쓸 수 있습니다.
4. 〈서술형〉 ❶ 이 글에서 일어난 일을 파악합니다. 김 서방은 아내에게, 아내는 아들에게 잘못을 미루었습니다. ⇨ ❷ 이와 같은 상황에서 깨달을 수 있는 교훈을 찾아 정리합니다.

4주 138~139쪽 독해력 활짝

1. ⑤ 2. ㉠ 3. (3) ○

1. 글쓴이가 소리 나는 리모컨을 발명하려는 까닭은 마지막 문단에 들어 있습니다.
2. 이 글은 요요에 대해 설명한 글입니다. 따라서 ㉠은 글의 내용과 관련 없으므로 빼야 합니다.
3. 글쓴이는 손에 묻지 않는 아이스크림 손잡이를 발명하려는 까닭과 특징을 자세히 설명하였습니다. (1), (2)는 글의 내용과 관련 없는 내용입니다.

4주 140~141쪽 독해력 쑥쑥

1. ③ 2. (3) ○ 3. ㈏, ㈐ 4. (2) ○

1. 글쓴이가 발명하고 싶은 물건인 접히는 공에 대해 설명하는 글이므로, 제목으로 알맞은 것은 ③입니다.
2. 글쓴이는 둥근 공 모양 때문에 들고 다니기 불편해서 접히는 공을 발명하려고 합니다.
3. 글쓴이가 발명하려는 접히는 공은 텐트처럼 납작하게 접혀 들고 다니기에 편리합니다.
4. 마지막 문단에서 글쓴이는 발명하고 싶은 접히는 공의 특징을 자세히 설명하고 있습니다.

축하합니다!
B1권 독해 능력자가 되었네요.
B2권에서 다시 만나요!

5권 구매 등록마다 선물이 팡팡!

세토 시리즈
래빗 포인트

★★ 래빗 포인트 적립하기

🐰 **포인트 번호**

Y313-X5L0-6K3Q-FY2X

 래빗 포인트란?

NE능률 세토 시리즈 교재 구매 시
혜택을 드리는 포인트 제도입니다.
1권 당 1P가 적립되며, 5P 적립마다
경품으로 교환 가능합니다.
(시리즈 3종 포함 시 추가 경품 증정)

 포인트 적립 방법

1 세토 시리즈 교재 구입
2 래빗 포인트 적립 페이지 접속
  (QR코드 스캔)
3 NE능률 통합회원 로그인
4 포인트 번호 16자리 입력

 포인트 적립 교재

- 세 마리 토끼 잡는 독서 논술
- 세 마리 토끼 잡는 초등 독해
- 세 마리 토끼 잡는 급수 한자
- 세 마리 토끼 잡는 초등 어휘
- 세 마리 토끼 잡는 역사 탐험
- 세 마리 토끼 잡는 초등 한국사

NE 능률